南阳青年作家丛书

一个人的风景

徐道胜 著

中原出版传媒集团
大地传媒
大象出版社
·郑州·

图书在版编目(CIP)数据

一个人的风景 / 徐道胜著.— 郑州 : 大象出版社,
2016. 2
(南阳青年作家丛书)
ISBN 978-7-5347-8716-4

Ⅰ. ①一… Ⅱ. ①徐… Ⅲ. ①散文集—中国—当代
Ⅳ. ①I267

中国版本图书馆 CIP 数据核字(2016)第 001271 号

南阳青年作家丛书

一个人的风景

徐道胜 著

出 版 人 王刘纯
责任编辑 李建平
责任校对 张迎娟
装帧设计 付锬锬

出版发行 大象出版社(郑州市开元路 16 号 邮政编码 450044)
发行科 0371-63863551 总编室 0371-65597936
网 址 www.daxiang.cn
印 刷 郑州瑞光印务有限公司
经 销 各地新华书店经销
开 本 787mm×1092mm 1/16
印 张 12
字 数 145 千字
版 次 2016 年 2 月第 1 版 2016 年 2 月第 1 次印刷
定 价 30.00 元

若发现印、装质量问题,影响阅读,请与承印厂联系调换。
印厂地址 郑州市二环支路 35 号
邮政编码 450012 电话 0371-63956290

总　序

南阳是国家历史文化名城，文化底蕴厚重，文化资源丰富，文化名人辈出。理清南阳文化发展的脉络，才能更好地探寻南阳文化发展的道路与方向。通过这几年对南阳的了解与感受，我认为文化是南阳最突出的城市符号，是南阳未来发展的宝贵资源。

南阳是汉文化的昌盛之地，其标志性无可取代。早在战国时期，南阳就是全国的冶铁中心，农业、手工业都十分发达。西汉时，南阳"商遍天下，富冠海内"，为全国五大都市之一。东汉时，光武帝刘秀发迹于此，故南阳有"南都""帝乡"之称。经济的繁荣有力地推动了文化艺术的发展和昌盛。两汉、三国时期南阳名人荟萃：张衡的科学成就举世称誉，因而他被列为"世界十大文化名人"之一；以医圣张仲景为代表的汉代医药文化是中华民族乃至世界医药文化宝库中的瑰宝；足智多谋的军事家诸葛亮成为人类智慧的化身。南阳的文学、乐舞、绘画、雕刻等艺术门类异彩纷呈，各领风骚，在整个汉代文化艺术中占据着举足轻重的地位。特别是最能反映汉代艺术水平的南阳汉画像石和汉画像砖，朴素而不单调，豪放而不粗疏，被世人称为"东方艺术宝库"。

南阳是河洛文化、荆楚文化和秦巴文化的荟萃之地，其多样性特色鲜明。南阳文化既有河洛文化的典重质实，又有荆楚文化的清奇灵巧，还有秦巴文化的苍凉豪放。这是南阳自古以来优越的自然环境、发达的水陆交通和良好的社会经济环境决定的。南阳境内河流纵横，山川秀丽，是长江、黄河、淮河三大水系的分水岭和南北气候的分界线。从春秋战国时期起，南阳郡为秦、楚等国与中原各国的交通枢纽，由关中向江淮此乃孔道，由伊洛向荆襄此乃要冲，既是南北交通的咽喉，又是西北通往东南的必由之路。发达的水陆交通和优越的自然环境不仅为南阳的经济繁荣提供了得天独厚的条件，更为河洛文化、荆楚文化和秦巴文化在这里的交融与发展奠定了基础。

南阳是文脉相承的兴旺之地，其稳定性十分罕见。得益于优越的自然环境和区位优势，并且较少受到战争的影响，自古以来南阳文化都十分发达，兼容并包，千姿百态。兴旺的文脉如长河奔流滔滔不息，从未中断。自两千多年前到现在，南阳可谓“江山代有才人出，各领风骚数百年”。以科圣张衡、医圣张仲景、商圣范蠡、智圣诸葛亮这“四圣”为代表的历史文化名人灿若群星；“二十四史”里有记载的南阳历史文化名人超过 800 人。到了现当代，南阳名人仍然层出不穷。目前，仅南阳籍两院院士就有 19 人，占河南籍两院院士的三分之一。另外，还有以姚雪垠、二月河等为代表的南阳作家群等。

先辈留下的丰厚文化资源为我们开展文化建设提供了得天独厚的有利条件。我们要在传承和保护南阳厚重文化的基础上更好地创新与发展，充分发挥文化引领风尚、教育人民、服务社会、推动发展的作用，使文化成为实现南阳跨越式发展的新动力，成为南阳城市发展的终极竞争力，这是我们共同的历史使命。人类前行到今天，“文化是根，文化是魂”的共识更有力地彰显出文化本来应有的鲜明印记。如果说文化是人类改造客观世界过程中创造的精神成果的总和，那么，一个国家对民族精神的塑造肯定是文而化之的结果。在这个过程中，文学无疑充当着十分重要的角色。它不仅是民族精神最形象、最直接、最生动的体现，而且也考量着人类社会发展的文明程度。毫无疑问，南阳作家群在南阳文化建设方面发挥着积极的推动作用。南阳现有国家级作协会员30人、省级作协会员340人、市级作协会员450人，其中在全国知名或有相当影响的就有十数人。南阳作家群以整齐的阵容、众多的人数、独特的作品在中国当代文坛筑起一道亮丽的风景线，不仅成为文学豫军的重要力量，而且在中国文坛具有相当大的影响，是南阳当之无愧的文化名片和南阳人的骄傲，堪称南阳文化建设的一面旗帜。

近年来，南阳市委、市政府高度重视并支持南阳作家群的发展。为建设人才队伍，培养文学新人，南阳成立了文学院，加强了《躬耕》杂志、《南阳日报·白河副刊》等文学阵地的建设，为南阳的文学创作营造了良好的环境。全市广大作家坚持以人民为中心的创作导向，深入生活，扎根群众，创作了一批精品力作。这次我们从南阳老中青三代作家中遴选出35位代表，将其优秀作品以“南阳青年作家丛书”和“南阳作家自选集”两套丛书的形式结集出版，这是南阳文学发展史上空前的举措，旨在助推南阳文学创作，全面系统地展示南阳当代作家的整体实力，为南阳转型跨越、绿色崛起提供强大的精神动力和文化支撑。希望这种助推能够成为南阳作家投身文学创作的新动力，期盼各位作家在个性化的文学创作中获得更大的成功。

中共南阳市委常委、宣传部长　王新会

2015 年 11 月 19 日

目　录

慎言笃行,裁云做裳　张中坡　__ 1

第一辑　人性灯盏 __ 1

我的父亲　__ 2

转身的永别　__ 5

回忆母亲　__ 8

怀念岳母　__ 11

大哥　__ 13

二哥　__ 16

三哥　__ 19

幸福菜单　__ 22

小妹出嫁　__ 24

又见杰斌　__ 27

我所知道的二月河　__ 29

朋友老姚　__ 32

河湾婶　__ 35

她到海上去 __ 37
诗人痖弦的故乡情结 __ 39
李雪峰印象 __ 42
朋友道杰 __ 44
想起了安同章 __ 47
周熠走了 __ 50
追忆孙幼才 __ 52
我的左邻右舍 __ 55

第二辑　生命阳光 __ 57
孩子,不哭 __ 58
我不是一个好爸爸 __ 61
女儿的生日 __ 63
记住父母给予你的一针一线 __ 65
女儿的思想 __ 67
女儿军训 __ 69
女儿上学如打仗 __ 71
写给女儿老师的一封信 __ 73
写在女儿 18 岁生日之际 __ 75
女儿的见义勇为 __ 77
我给女儿记日记 __ 79
别样的家长会 __ 82
今晚的我是幸福的 __ 85
女儿,其实我想你 __ 87

第三辑　人生感悟　__ 89

一个乡下人的土话　__ 90

倚老卖老　__ 92

赢了又怎样　__ 95

天天吃肉,天天幸福　__ 98

生日感言　__ 100

怀旧与梦想　__ 103

文学死了?　__ 105

智人智语　__ 107

找个能说话的人真难　__ 109

莫为钱累　__ 111

盲人点灯　__ 113

闲言碎语　__ 115

平平淡淡也幸福　__ 117

香椿树　__ 119

路遇　__ 121

圣诞节随想　__ 123

瞬间的感动　__ 125

犹记儿时看电影　__ 127

回家过年　__ 130

老屋　__ 132

第四辑　岁月印记　__ 135

我这二十年　__ 136

第一次发表作品 __ 141
张衡文学社 __ 143
第一次采访 __ 146
给一位作者的信 __ 148
慌年 __ 150
放生记 __ 152
明月几时有 __ 154
写给《白河副刊》的话 __ 156
刷牙 __ 159
火烧馍 __ 161
我是书虫 __ 163
记者的苦与乐 __ 165
走在路上 __ 168

后记 __ 170

慎言笃行，裁云做裳

张中坡

从严格意义上说，道胜是我的老师，因为他是编辑，我是作者。但我时常称他是文友，这是因为我们都热爱文学，并且时有交流，当然以他对我的鼓励为多。

与道胜认识有10多年了，但与他真正熟识却是近几年的事。最早认识他时，他还在《中部开发报》当编辑。那时还是一名学生的我去给他们报社的副刊编辑姚国禄（也是一位好编辑、好老兄）送稿子，在那里我第一次认识了他。但后来很多年，只是知道他的一些变化，先是正式到了另一家报社工作，后是在那家报社编辑副刊，再后来是他编辑的副刊在文学圈里的影响越来越大。忽然有一天，报纸选稿开始有了新的途径，先是论坛，后是博客，我的几篇稿子侥幸得到了他的青睐，一来二去才真正和他熟识起来。

一直以来，在我的印象里，道胜都是那种笃行慎言的人，无论是文友相聚论文学，还是在酒桌上侃大山，他都是静静地坐着，一边一根接着一根地吸着香烟，一边或认真倾听或默默沉思，眼镜后面闪现出的是"静坐常思己过，闲谈莫论人非"的大智若愚的超然神态。这两句话似乎也就是他的座右铭，我记得在他的博客首页个人资料中就有这两句话。

后来我才知道，我们虽然不是同一个县的，但我们的故乡的两个村庄却相距不远，自然那两个村庄都是处于两个县的边缘位置。我想，道胜性格中的自律和审慎，很可能与自小生活在这种边缘位置的村庄有关。对我来讲，又何尝不是如此！一个人幼时的心态，常常会对其一生产生重要的影响。

道胜虽然平时话语不多，但却做事笃实，这从他这几年编辑副刊的工作中就能看出来。对我们这个文风昌盛的地方来说，他所在的报纸过去无疑是一张小报，且不以文学见长，基本上刊发的都是生活娱乐类的文章。我以为，一家报纸的生命力能够越来越强，能够越来越为广大读者所喜爱，副刊的成功在其中起着重要的支撑作用，这是为历来的办报实践所证明了的。道胜所编的两个文学板块，一个是《生活频道》，一个是《梅溪副刊》，其中尤以后者办得最活，也办得最好。近年来，他在《梅溪副刊》上先后开辟了《宛军短章》《尘世走笔》等栏目，发表了大量的优秀作品。现在，《梅溪副刊》已成为这家报纸的一张名片，有人既生动形象又毫不夸张地说：《梅溪副刊》就是宛军的练兵场。从这个意义上讲，在这个特定的时期，道胜对南阳文学的发展起到了推波助澜的作用。

南阳作家众多，喜爱文学创作的人不计其数，但本土文学阵地却寥寥无几。在此情况下，道胜作为一家报纸的副刊编辑，责无旁贷地铁肩担道义，剪月裁云成华章，为人常做嫁衣裳，一干十数载，历尽了苦辣酸甜。为了选编稿子，他很少过双休日和节假日，也没有分过白天和黑夜。在他看来，时间就是生命，质量就是上帝。在编写报纸千期稿子的时候，他日夜不停地工作，他的身体没事，而他的电脑却累趴下了，此事在文学圈内一时传为美谈。

一个好的编辑，只有具有独到的文学眼光，才能选编出好的文章。

道胜选稿，钟爱名家，不薄新秀。为了选取新人的稿子，他常常不厌其烦地在浩如烟海的博客文字中游走。要想在数量众多、良莠不齐的博客文字中选取优秀之作，工作量之大可想而知。有些文章发出来之后，他却只知作者的网名，而不知其真实姓名，也不知稿酬该寄往哪里。他这种以质量论是否上稿的品格，在当今副刊编辑中实属难能可贵。

当然，作为本土文学阵地，他自然选发南阳作者的稿子要多一些，但外地作者的好稿子他也不忍轻易放弃。更为难得的是，作为一个副刊编辑，他有着更为宽阔的视野和长远的眼光，那就是在选发文学作品的同时，十分注意利用这块阵地营造浓厚的文学氛围。为此，在《梅溪副刊》上他还开设了《作家茶楼》《作家书简》《作家写作家》等文学栏目，甚至还选发了山西韩石山、台湾林清玄等一些名家专门谈创作的文章，以期从中挖掘出写作的秘密，给年轻的写作者以教益。

我们知道，“五四”时期的文学报刊，像《晨报副刊》《大公报·文艺副刊》《语丝》《论语》等都曾培养出一批文学大家。道胜这些年苦心经营副刊，周围集聚了诸如卿卿、马蕾、李远、杜兆峰、魏珂等一批年轻的优秀写手。为了培养卿卿，他甚至征求总编同意，在《生活频道》上为卿卿开出《卿卿悟语》专栏。为一个年轻的写手开设专栏，这在这家报纸的发展史上恐怕还是首例。这些年轻的写手从《梅溪副刊》起步，在文学的漫漫征途上已经越走越远。

一个副刊编辑，只有懂得文学、参与文学，才有可能成为一个好的编辑。对道胜而言，是因了喜爱文学才走进了报社，又因了喜爱文学终于编辑了副刊，这是他自己的幸事，更是文学的幸事。一个连文学都不懂的人，可以想象他怎么能编辑出好的文章。因此，在做好编辑工作的同时，道胜并没有放弃自己的写作，而是见缝插针，利用有限的业余时间，创作出了不少语言朴实、感情真挚的文章。他的作品大都写故乡，写亲人，写生活中的点滴感悟。读他的文章，就像读他的人，没有丝毫做作,朴实得像故乡的庄稼,真挚得像亲爱的弟兄。

一个人的一生总是要有所追求,才会活出声色,活出滋味。读书、作文、编辑外加吸烟,几乎构成了道胜生活的全部。如今,道胜在副刊编辑上虽然取得了不菲的成绩,但他总是谦虚地说:这是领导们的功劳,是他们的支持,才有了报纸副刊的今天。说完这句话之后,他那憨厚的脸上不由得露出了轻易不见的微笑。

第一辑　人性灯盏

我的父亲

小时候，我与父亲是没有太多的感情的。他常年在外教书，只能一两周回来一次，正因如此，他对我的关爱远没有母亲的多。我记得上四年级时，有次父亲竟问我上几年级了，这使我的心里很不舒服。天底下哪有父亲不知道儿子上几年级的道理？更何况我的父亲还是位教书育人的老师！好长时间我都弄不明白，对自己儿子漠不关心的他是如何教育别人的？

在我残存的儿时记忆中，如果说对父亲有点好感的话，那就是他回来时自行车把上挂着的一块肥肉或一两本杂志带来的欢喜。在那个年代，吃肉和看杂志一样都是件不敢奢望的事。它可以让我在同伴面前趾高气扬甚至炫耀几天。也正因如此，每逢周末，我总会盼望父亲的归来。但我渴望的情景大多不会发生，很多时候父亲回来时都是两手空空。这时，父亲在我眼里便成了可有可无的人。儿时的我不知道，父亲少得可怜的工资流到我眼里几乎已经干涸了。

但我必须得承认，是父亲带回来的杂志开阔了我的视野，成就了我今天的事业。记得父亲那时带回来最多的杂志是《中国青年》和《青少年日记》，我不知道父亲为什么要买这样的杂志，也不管自己是否能够看懂，总之，每本杂志我都会认真地读、仔细地记，有些篇章甚至会背得滚瓜烂熟。

读得多了，自然也就有了写的欲望；写得多了，便梦想着自己作品的发表。第一次投稿是在 1986 年，那时，我把自己写的一篇日记投到山西《青少年日记》杂志，没想到不久竟然被登了出来，还给我寄来了两元的稿费。这可是件了不得的事情，我是所在学校历史上第二个发表作品的人。那年我 16 岁。16 岁的我没有因发表作品的欣喜而改变对父亲的印象，16 岁的少年不可能把这件事与父亲扯到一起。

高中三年的读书生涯我是和父亲一起度过的。由于自己未能考取重点高中，也由于母亲刚刚去世，我不得不到父亲所在的那所普通高中就读。而在和父亲一起的三年时间里，我亦没有因他的陪伴而增加对他的好感，相反，逆反心理使我更加疏远了他。在我的眼里，父亲除给我吃饱饭外，不会给我洗衣，不会关心我的冷暖，不会顾及我的思想变化而和我谈心，对我还不及对他的学生好。然而我却从未考虑过父亲正承受着我的母亲去世带来的打击。更让我反感的是，每到吃饭时他总会喋喋不休地给我讲那些他永远也讲不完的道理。这更加重了我的抵触情绪，许多时候我总是反其道而行之，常常把父亲气得在夜里长吁短叹。

高中毕业后，我一直为自己在家待业而烦闷不已。时间久了，我央求父亲为我找一份工作，因为我知道，父亲大学时的不少同学都在政府部门任要职，有一位还是我们所在县的县长，如果他开口的话，是不难解决的。但父亲总是不开这样的口，他总是告诉我自己的路要自己走。那段时间，我漠视甚至仇视父亲，却不知道这是他的秉性使然，是另一种对我的好。

真正理解父亲是在我经过一番摸爬滚打成家立业且做了父亲之后。我养一女尚且不易，真不知道父亲是怎样把我们兄妹五人抚养成人的。而今，我重复着父亲曾经走过的路，为了女儿而在外租房陪读，每天面对种种压力，不曾和女儿有过太多的交流，不知道 14 岁的女儿是否有过和当时的我一样的心理，但我知道，我对女儿的爱是真诚的。

就在刚才我准备拉灯睡觉时，突然发现床头的灯绳是前不久父亲为方便我晚上读书而为我系上的，一种无言的感动瞬间涌上心头。

是啊，父爱无言，大爱无声。天底下的父爱，大多如此。

转身的永别

我怎么也没有想到，那一晚竟然会和父亲成为永别。

2012 年正月二十三下午，我和同事正在一家单位采访，突然间心猛地疼了一下，然后就莫名地烦躁起来。脑子里只有一个念想，回老家看望病中的父亲。

去年春节，我把在乡下居住的父亲接到我这里过年。正月初四，父亲心脏病复发，我劝他去住院，但久病成医的父亲坚持着不去，说我们兄妹几个工作太忙，住院了弄得我们几个都不安生，自己吃一点随身带的药就好了。拗不过父亲，只好让他在我家里疗养。熬到正月十三，父亲看实在扛不住了，主动提出要住院。那天早上 7 点，我开车把父亲送到了市第一人民医院心内科。有着 50 多年心脏病史的父亲是这个科室的常客，医生们都熟悉他的病情，他也比较信任这里的医生。一系列的检查、输液，几天之后父亲的病情有了好转。

父亲住院的那些天，因为我工作太忙，哥哥妹妹白天轮流请假在医院照顾他，晚上由我在医院陪护。有几个夜晚，父亲看我实在撑不下去了，便劝说我不要去了，说医院里有护士值班，没事。而我心里清楚，病中的父亲多么希望自己的亲人能在身边陪陪他。母亲去世后的

27年,一直在乡下的父亲是孤独和寂寞的。

到了正月二十,尚未康复的父亲突然决定出院,任凭我们怎么劝说都无济于事。父亲回去后,我每天都会打几次电话询问病情,但每次父亲都说没事,让我安心工作。

我不相信心灵感应之说,但我无法解释那天下午那么强烈的回家意念。结束采访后,我立即找到妻子,说这会儿马上回家看父亲。妻子问咋了,我说不知道,满脑子都是回家。买了两个烧饼,边开车边吃,到家时,父亲屋里的灯已经亮了。

看到父亲,我的泪瞬间就流了下来。几天没见,父亲已瘦得不像样,两眼塌陷,连说话都有气无力。我埋怨父亲说,为啥不听话要出院?为啥每次打电话你都说没事?父亲没有解释为什么,但我还是感觉到了父亲看到我回来时的高兴。

那天晚上,我和父亲聊了很多。父亲用沙哑得几乎听不清的声音给我讲已经讲了几百遍的家常往事。我一边听一边安慰鼓励父亲,你已经和疾病做了几十年的斗争,这次也一定要胜利。父亲艰难地点点头,脸上露出难言的苦涩表情。

那一晚我原本是没打算睡觉的,可到了凌晨1点,父亲可能是感觉到了我的疲倦,对我说,你去睡吧,你不睡我也睡不成。我说不睡,父亲有点生气,努力地说出了两个字:睡去。

我去睡了。不知道自己是几点睡着的,清晨5点的时候,睡梦中的我突然一骨碌坐了起来,下意识地往父亲的房间跑。看到父亲时,他安详地睡着,脸色红润,和平时没啥两样。可看着看着我就觉察到了情况不对,父亲原先睡觉时呼吸声很重,盖着的被子也是一起一伏的,这次被子却不动了。我赶紧呼喊父亲,没有应声,把手伸进被窝,热乎乎的,可已感觉不到心跳了。我拼命地摇着父亲,喊着父亲,可父亲就是没有一点反应。

我知道父亲走了,不声不响地走了,连一点的惊动都没有。我跪在父亲的床前,一边拼命地呼喊着父亲,一边拼命地打自己耳光,并喃喃自语:我为啥要睡觉啊,我为啥要睡觉啊……

一年了,我不时地回想起这一幕,回想到此我就剜心一般地痛:如果那晚我不睡觉,说不定父亲就不会离开我们。想到这种遗憾,我就后悔得想一头撞死。

如今,看到那些父母健在的人我就非常羡慕,总觉得父亲活着的时候陪他的时间太少。可这种遗憾与愧疚是无法弥补的,上天也不会再给我第二次机会。朋友们啊,趁父母健在的时候,多陪陪父母吧,孝心真的不能等啊!有些人,一转身便是永别。

回忆母亲

母亲长我 30 岁，并给予了我生命。从 1986 年到 2006 年，这 20 年除了梦中我没有再见到过她。时光冲淡了一切，就连她的模样也在我的脑海中模糊起来。

偶尔也会想起她，就像此时，仿佛她就在我的面前冲我微微地笑着，只是这种虚幻的微笑刺痛着我的心。这是生命中一种不能承受的天上人间之痛。

我点燃一根香烟，烟雾缭绕中努力搜寻有关她的故事。可我的脑海中一片空白——她的音容笑貌此时完全充斥着我的大脑，让我什么也想不出。

一根接一根地抽烟，已经 5 根了，可我除了蓄满双眼的泪水，还是一个字也未能写出。我甚至有点痛恨小草怎么出了这么一个题目，让我一下子就想起了她，让我一想起她就异常地想她异常地痛苦。我甚至还有点微微地恨她，恨她为什么在我 16 岁时就弃我而去，为什么要带走我所有的欢乐！

而在想她的这个过程中，我和她一起生活了 16 年的影带已在我的脑海中高速运转了无数遍。打针、施舍、搭雨篷、扇耳光，这些褪了色的生活片段,代表不了她46年的短暂人生。

打针。记忆中的她总是三更半夜被人叫起,慌慌张张地去给同村或邻村的病人打针。可我知道,她不是医生,而且打针也从不收费。但我那时不明白,不是医生的她是怎么学会了看病打针,又为什么总是乐此不疲地义务为别人服务?后来我知道了,她的孩子多,经常不是这个头痛了就是那个发烧了,在那缺医少药的年代,为了她的孩子能健康地成长,没有多少文化的她硬是熟读了几本医学专著,成了一名编外的乡村医生。我不知道她一生中给多少病人打过针,但我知道,同村中有几个小孩因她而得以生存下来。

施舍。不知怎的就想起了这件事。记不清是哪一年了,反正那一年大旱,地里庄稼绝收,要饭的特别多。一天中午,她和孩子们刚刚端起一碗玉米粥,一个要饭的老头儿来了。望着那只伸过来的豁子大碗,她什么也没说,端起碗把自己的饭倒进了那只豁子大碗。那天中午,没有多余的饭可让她吃,但她还是心满意足地笑了。我记得那天那个老头儿吃得特别香,吃完饭后,还把碗舔得十分干净。也就是从那时起,我养成了饭后舔碗的习惯,这种习惯一直保持到我上初中住校时为止。

搭雨篷。记忆中她每年夏天都要为我们搭无数次雨篷。说是雨篷,其实是一张十几平方米的塑料布,一到雨天,就用四根木棍支起四个角,中间放个木床让我们兄弟几个睡觉。床的大小是有限的,许多个雨夜她都是坐在床边看着我们睡觉。我一直不知道她为什么要这样,后来才明白,她是怕居住的两间茅屋雨天被淋塌砸着我们。

扇耳光。记忆中的她没有打过我一个耳光,却自己扇了自己两个耳光。一次是20世纪80年代初期,为了改变贫穷状况,她自己尝试着用煤油灯孵化小鸡,可她不知白天黑夜地熬了二十几天后,只有几个小鸡出壳。望着一堆毛蛋,她难过地扇了自己一个耳光。还有一次是我上初二时,因缺5元学费而报不了到,便赌气回家不上了。后来她跑到街上用一筐鸡蛋换回了5元钱交到我手里,但逐渐明白事理的我为减轻她的负担,还是坚持自己的意见。那次她真的生气了,高高地扬起了巴掌,但那个巴掌在空中画了个凄美的弧线后却落在了她的脸上。当她再次扬起巴掌时,我冲上去死死地抱住了她的手。我和她都哭了。

也就是从那时起,我发奋读书,圆了自己也圆了她的梦。让我心痛的是,她没等到这一天……我不知道,这20年来在天国的她是否有过孤独?她是否还用怜悯的眼光关注着我?

怀念岳母

写这些文字的时候,仿佛岳母就坐在我的面前和我絮絮叨叨地拉着家常,可我又非常清楚地意识到岳母确确实实已经去世了,我这辈子是不可能再见到她了。

坦诚地讲,岳母活着的时候,我与她并无太多的感情,甚至嫌她有点婆婆妈妈,而当她真的离我而去时,我才知道,我是多么的不忍,一个活生生的大好人,一个像母亲一样关爱我的人,就这么不声不响地走了。人啊,往往就是这样,拥有的时候不知珍惜,失去的时候才知可贵。

想起了岳母的豁达。结婚十几年来,因为从小失去母爱的缘故,我一直没喊过她妈,平时遇到什么事,总是不见称呼地说话。一次,我专门为此事向她解释说:“我妈去世早,已经多年没喊过妈了,这个‘妈’字我张不了口,您不要见怪。”岳母听后,爽朗地笑了,说:“啥称呼不称呼的,只要你们待我好,比啥都强,我才不在乎呢。”话虽这么说,可我心里清楚,有着传统思想的岳母是多么希望我能喊她一声妈啊——妈至晚年思妈声的道理我懂。尽管如此,岳母仍像对待亲生儿子一样对待我,当我在工作或生活中遇到烦心事时,她也像母亲那样开导我。

想起了岳母的善良。岳母是个不愿给别人增添任何麻烦的人。岳父去世后,几个儿女争着让她去自己家里住,可她为了不影响大家的工作,宁愿自己一个人回到乡下老家去住。这对于一个眼睛几乎失明的老人来说是多么的不便。岳母在我家小住的时候,她在乡下的女儿送来了不少米面,送得多了难免要坏掉一些。有一次她的一位远房亲戚来看望她,看到这些变质的米面心疼地说:“我帮你拿去卖了吧。”岳母听后气不打一处来,冲那亲戚发火说:“这些米面咱都吃不成,卖给别人就能吃了?这种坑人的事咱不干!”晚年的岳母因为寂寞的缘故,在别人的劝说下想信奉基督教。为这事她专门找我们商量,怕因此影响了我们的前途。在得到我们明确的答复不会影响我们后,她才高高兴兴地成了基督教徒。

想起了岳母的勤劳。岳母是一个地地道道的农民,年轻的时候,岳父在外地上班,她一个人白天忙地里,夜晚忙家里。她亲手织就的布匹,除儿女们结婚用外,直到她去世也没用完。岳母的勤劳成了习惯,平时无论在哪个儿女家小住,都是个闲不住的人。她不顾年迈体弱,总是早早做好饭,盛好放着,等儿女们回来正好吃到不热不凉的饭菜。

想起了岳母的俭朴。岳母晚年的时候没有任何收入,孝顺的儿女隔三岔五或多或少地给她点钱,每次岳母都收下了,但总是放着不用,遇到儿女有事了,再拿出来还给儿女。而在平时,她也总会不声不响地给儿女们置办些生活用品。她的几个儿女,哪个没有得到她经济上的帮助?即使在她最后住院期间花的钱也是她平时攒下的。

岳母是一座温馨的港湾,有她的时候,儿女们可因她而聚在一起。岳母是一棵大树,有她的时候,大家可以在此乘凉歇息。然而,现在什么都没了!魂归净土长天倾洒悲泪,长歌当哭依依惜别岳母。敬爱的岳母,您在天国还好吗?

大　哥

很多次我都想提笔写写大哥,但很多次我都又放了下来。在我的眼里,大哥就像一本厚重的书,给人力量,又让人心生敬畏。

我天生愚钝,小时候的一些事,除了母亲经常生病吃药,其他的事已很少能够记起,但大哥考学的事,我却记得很清楚。印象中大哥先后考了三次大学,最后那年他有点想放弃了,是母亲的一个巴掌把他打进了大学校园。

依稀记得那是一个夏天的中午,我们一家在快要倒塌的草房里吃饭。刚刚放下饭碗,大哥突然对母亲说,妈,我不想复读了,我也不是上大学的料,就在家里帮您干活吧。起初,母亲愣了一下,很快就坚决反对起来。但任凭母亲怎么劝说,大哥依然坚持自己的意见。母亲急了,流着泪说,你难道非让妈给你跪下不成?说着,她扬起了巴掌。大哥闭上眼睛,等着母亲狠狠地抽打自己。然而,一阵响亮的啪啪声之后,大哥发现,巴掌竟然落在了母亲脸上。大哥顿时失声痛哭起来,妈,为了供我们上学,您把药钱都省下来了,您就让我在家帮您干活吧!听到此,母亲也哭了起来,儿啊,你咋恁傻啊,妈省吃俭用不还是为了让你们出人头地吗?你这样前功尽弃岂不让妈更伤心?说着哭着，哭着说着，最后大哥和母亲达成了一致意见：大哥在家一边种地，一边复读。

从此以后，大哥白天干农活，晚上在煤油灯下挑灯夜战，瞌睡了，就用凉水洗把脸提提神。我们村西有一条干河沟，很多次，大哥干活累了，就在河沟里学习，每当有懈怠情绪时，就用母亲的话激励自己。也就是那年，大哥考上了重庆的一所大学，成为全村为数不多的大学生，为父母争了光。

大哥上班后，家里的条件已有所好转，但他总是要省下一部分钱给弟弟妹妹花。我上高中时，有一次一家报社要在郑州开笔会，因为缺少路费，想放弃此行，大哥知道后，不由分说地给了我一百多元钱，说这样的学习机会难得，说啥也要参加。后来我才知道，那一百多元钱是大哥一个月的全部工资收入，随后的那一个月他是靠借钱生活的。

俗话说长兄如父，这话用在大哥身上再也恰当不过了。这些年，我嗜烟如命，大哥为这事没少批评我。而在平时，我们兄妹中哪个有啥困难了，大哥哪怕自己不吃不喝，也要想办法周济。早些年，二哥从上海打工回来，想在南阳做个生意，但缺少资金，大哥听说后，倾其所有，把自己的全部积蓄给了二哥，自己只留了几百元的生活费。平时，我们大家庭中若有什么事情，大哥也总会第一个出面，以一个长者的身份应对。至今我工作上和生活上一遇到困难，都会让大哥拿主意。大哥成了我们兄妹的精神依赖。

大哥还是一个孝顺的儿子。父亲退休后，一个人住在石桥高中。大哥在油田上班，不能经常回去，但几乎每天都会给父亲打个电话嘘寒问暖。每逢节假日，总会买些好烟好酒送回去，还会给父亲一些零花钱。其实，大哥也知道父亲的退休金自己都花不完，他之所以这么做，对自己是个安慰，对父亲也是个安慰。

这些年，大哥的手机从没关过机，不为别的，就因为父亲身体不好，他害怕父亲万一有个什么闪失和他联系不上。而父亲一旦生病住院，哪怕工作再忙，大哥也会间歇请假到医院伺候。大哥说，工作上的事可以事后弥补，但孝心不能等。

有年冬天，父亲又生病住院了，而那几天恰巧大哥工作忙，我们都劝他不要来了，兄妹几个能轮流过来。但就在一天晚上，大哥驱车百十里，用保温饭盒拎着鸡汤过来了。大哥说，油田到瓦店的那段路不好走，所以耽误时间了。在医院里，大哥重又热了鸡汤，端给父亲。父亲也只是喝了半碗。看着父亲喝完，大哥说，他还得赶紧回去，单位里还有些事情等着他去处理。然后，他匆匆离去。

大哥对他的岳父也极为孝顺。大哥家的条件比他岳父一家要好一些，平时对大嫂的两个弟弟没少照顾，隔三岔五也总会让岳父到自己家住上一段时间。他经常教育我们说，人家辛辛苦苦把养大的闺女都给咱了，所以对待自己的岳父岳母也一定要像对待自己的父母一样。大哥的这一观点父亲生前也曾给予过赞赏，并让我们向他学习。

这就是我的大哥徐颖，一个值得我们兄妹几人永远学习的人。

二　哥

再过半个小时，二哥就要坐上开往上海的班车了。43 岁的他要去上海打工，这实在是一个无奈的选择。

本来我应该去送他的，拖家带口地带了六大包的物件，装车就是一个问题，可是我没有去，倒不是我忙得抽不出身，而是我实在不忍看到这种手足之别。刚刚打了电话，不足一分钟，里面却满是嘈杂声。二哥说，别担心，有人帮忙。我没说什么，放下电话，心里却有一种说不出的失落。

昨天，我和二哥一起回乡下看望了年迈的父亲。二哥说，走前他应该回去看看父亲的。父亲岁数大了，身体又不好，这是他最放心不下的。说到这里，二哥的眼圈一红。我知道，人到中年的他其实并不想走。

二哥始终是我心中说不出的痛。

我小的时候，家里穷，父亲靠一个人微薄的工资供我们几个上学。家里七八亩田地，全靠母亲一人耕种。本来就体弱的母亲在繁重的农活中常常病倒。二哥上到初中二年级的时候，主动要求辍学，承担了他这个年龄不该承担的家务。我想象不出那时的二哥是在一种什么样的条件下辛勤耕作，但我能想象出在那个物质极其匮乏的年代二哥承受的是一种怎样的劳累。

有一件事我至今记忆犹新。那是大哥在重庆上大学的第二年，又到了给大哥寄生活费的日子，可父亲的工资早就用完了，望着一贫如洗的家母亲不住地唉声叹气。好在那年夏天，我家种了半亩萝卜，也到了收获的季节。于是，我和二哥一起用板车拉着萝卜到邻近的博望街去卖。好像那时人们都不怎么吃菜，抑或是吃不起菜，到了中午，一车萝卜还剩下大半，卖了不足 1 元钱。我俩都饿得肚子咕咕直叫，但这点钱是舍不得买饭的，我们每个人就啃了个萝卜充饥。到了下午，好不容易卖完了萝卜，换了 2 元钱，二哥就拉着我匆匆去了邮局，把这 2 元钱用信封装着寄给了大哥。

我不知道大哥接到这 2 元钱时是一种什么样的心情，但我知道，这么多年来大哥始终没有忘记这件事，以至于早几年给了二哥十几万元支持他做生意。大哥心里清楚，我们兄妹几个都是踩着二哥的脊梁走出来的。

但二哥的命不好。几年前，他第一次去上海打工，辛辛苦苦积攒了几万元钱，怀揣着希望和梦想回南阳做生意。没有想到的是，几年下来，不仅没有赚到钱，而且原有的积蓄也血本无归。

二哥的步子迈得太大了，从没有做过生意的他回来后一下子就开了 5 家服装店。缺少管理经验，不懂经营技巧，让二哥重重地栽了一个大跟头。

很多次，面对大家的埋怨，二哥很少说话。成者为王，败者为寇，这个理儿二哥懂。败了就败了，没有什么可说的。所有的委屈，只能憋在心里。

很多次，我都担心二哥承受不了这种巨大的压力。但很多次，都是二哥反过来安慰我。

昨天，我对二哥说，一个人，无论在什么样的情况下，意志和信念不能倒，只要意志和信念不倒，就会东山再起。二哥说，他从来就没有被困难压倒过，但这次生意的失败的确有很多地方值得总结。

二哥说，他还会回来的，用不了几年。上海再好，也不是自己的家。

二哥是清醒的，二哥是坚强的，二哥，挺住！你的人生也一定会像你的名字“黎明”那样曙光再现！

三　哥

写这些文字的时候，三哥徐英伟仿佛就坐在我的跟前，还和我们小时候那样，一起嬉笑玩耍，一起读书学习。

三哥长我两岁，但很多方面都是我学习的榜样。记得小时候我们在一起睡觉，每天晚上，三哥都会把自己的鞋整齐地摆放在床前，据说这个习惯至今还有。上中学的时候，他非常勤奋，常常早起在学校的河边读书。瞌睡了，就用刺条抽自己，有时还用圆规扎自己的大腿。也正因如此，15 岁那年他便考上了唐河师范，成为我们兄妹中第一个考上学的人，也让因贫穷常被村里人看不起的父母扬眉吐气。上师范后，三哥更是体谅家里的困难，从没让父母寄过钱，反而每次回来总要把省下的三五元钱交给家里贴补家用。

三哥文采极好，我上初中时，常常把写的作文寄给他请他帮助修改。每一次他都会进行认真的点评，把写作文的稿纸写得密密麻麻的。我不知道，如果当初没有三哥的鼓励与帮助，我今天还能不能从事记者职业。我不止一次地想过，至今已出了几本书的三哥如果干记者，一定会比我优秀。

然而，鬼使神差地三哥竟然进了银行，和钱打起了交道。

而今，虽然我们同在小城南阳，但有时几个月也不一定能见上一面。要说我们相距得并不远，开车也就十几分钟的路程，但我们之间似乎又隔着一条河。我知道，这条河就是我们各自忙碌的工作。

但电话还是有的，只是我给他打的远比他给我打的要多得多。而且我已养成了习惯，每次接通电话，我的第一句话必定是“这会儿忙不忙”，他的第一句话必定是“忙”或者“你说”。要是听到“忙”字，我就必须匆匆挂掉电话。要是遇到“你说”，我才敢拉上三五句家常。当然，时间往往不超过一分钟。谁让他是我的哥哥呢，而且是我一直敬畏的哥哥。

其实，不仅仅是我，就连我年迈体弱的父亲生前也很少接到他的电话，以至于父亲经常在我面前发他的牢骚。而我多想回到以前，回到小时候的打打闹闹，哪怕是他拧一下我的耳朵也好。但我知道，这只是一个梦想，一个永远也无法实现的愿望。

三哥总是忙。我在报社的这十几年里，他从没有来过我的办公室，倒是我偶尔去一下他的办公室。之所以说是偶尔去，是因为我知道他是真的忙。那年，我去中行采访，完成任务后顺便到他的办公室看他，看到的却是满屋子找他办事的人。我在他的办公室坐了半个小时，结果我们竟然没说上几句话。也就是从那次后，我很少再去他的办公室了，对三哥也多了一分理解。

因为他的忙，在父亲的眼里，三哥是个顾工作不顾家的儿子。但三哥是孝顺的，这点我心里清楚，只是孝顺的方式不同罢了。三哥是事业型的人，他认为工作上干出成就，让父母脸上有光也是一种孝。

虽然电话少，虽然回家的次数少，但三哥的心里永远装着父亲。有年冬天，父亲的心脏病犯了，在南阳市第一人民医院住了半个月。而那个时候三哥正和同事忙着编写一本企业文化方面的书，白天忙着去调研，晚上忙着写稿子，有很多个晚上都是住在办公室的。但工作再忙，时间再晚，每天晚上三哥也要到医院去看父亲一眼。有天晚上，大概 12 点多了，三哥又跑到医院，拎去了一碗鼋鱼汤。喝着溢满亲情的鼋鱼汤，望着三哥布满血丝的双眼，年迈的父亲竟然老泪纵横。他还能说什么呢？父亲还不知道，有一次，为了能让他喝上一碗浆面条，三哥在凛冽的寒风中骑着摩托车跑了大半个城，最后百般央求，饭店老板才做了一碗父亲爱喝的浆面条。

印象中三哥早些年很少回老家上坟。在我们那里，不回家上坟就是忘本，是要遭村里人嘲笑的。有一次，我因此责怪他，三哥说，自己的工作还没干到令他满意的程度，回去怎么向列祖列宗交代？那年，三哥提了科级，他独自一人悄悄回去给母亲上了坟。这事是我后来从父亲那里听说的。

如今走上领导岗位的三哥依然忙碌，和我们的聚会依然很少，我不知道他是不是和我一样，在某一个夜晚会想起我们兄弟在一个锅里吃稀稠的从前。

幸福菜单

记不清是上周的哪一天了,中午我去厨房的时候,无意中瞥见灶台旁的柱子上贴了几张纸片。凑上去一看,竟然是妻子为我制定的周一到周日的食谱。我没有细看,但一种感动却充溢心间。这是一种酸酸的幸福。

今年春节过后,我们报社的报纸不停地改版,我也一下子忙了起来。为了照顾我的生活,妻子关掉了经营了十几年的服装店,充当起我的专职保姆,一日三餐,生活起居,悉心照顾。11 月份,报纸更名为《南都晨报》,由原先的每周两期改为每天出版,工作量陡然增加了许多。那种忙不是用文字能表述的。《南都晨报》试刊的这两周,我几乎没有时间进入书房,家里的电脑几乎就没有摸过。在办公室,繁杂的事务忙得我常常连接电话的时间都没有,有几次我甚至挂断了远在成都的女儿的电话,以至于女儿现在基本上不会主动给我打电话了。更要命的是,我还得每天晚上值守夜班到 12 点左右。下午忙到 7 点甚至更晚,晚上 7 点半上夜班,中间连吃晚饭的时间都没有。虽然我住在报社,但有几个晚上我都没机会回去吃饭。这种连轴转的工作节奏常常使我夜不能寐,很多时候到凌晨 2 点都无法入眠。休息无法保证,自然会影响到食欲,纵使妻子变着法子调节我的饮食,但两周下来我的脸上还是塌了两个大窝。我没有称重,但我想掉五六斤肉还是有的。

妻子也曾不止一次地劝我要保重身体,说这也是干好工作的前提,甚至还私下里劝我不能这样不要命地干工作,单位离了我照样可以运转,但家里不能没有我,我是家里的天。这样的道理我何尝不懂?但我除了用身不由己来推托,还能说些什么?说实在的,到了这个年龄,已无所谓名和利了。何况我压根儿就没有追求名的想法,至于利,似乎也没有能诱惑我的东西。女儿即将大学毕业,家里该有的东西似乎也有了。如果为了金钱,几年前我就完全可以选择一份轻松而又挣钱的工作。之所以拒绝别人的高薪聘请,是因为我从事的是一份自己喜欢的工作。我觉得能在报社工作是我的一种价值体现。而今,工作干到这个份儿上,说热爱似乎又有点不够,更多的是一种责任。这是我内心的真实想法。

有了这些想法,妻子无论如何劝我,都无力改变我的现状。她看在眼里,急在心里,只能做些力所能及的事,做好我的后勤保障。家务活从不让我插手,每天早上都会提前把西服熨好挂在衣架上。下班的时候,听到我在楼下咳嗽,她就赶忙把饭菜端上餐桌。而今,我不知道刚刚学会上网的妻子是如何在网上搜集到这些食谱的,而且从搜集到的那天起就开始严格按照食谱给我做饭。有几次看到餐桌上丰盛的饭菜,我都劝妻子说不要做这么多,我们两个人根本就吃不了,不仅没必要,也是一种浪费。但她就是不听,依然我行我素,坚持说这事不能听我的,并且像哄小孩子一样哄着我尽可能地多吃一点。我心里虽然多有不愿,但想想妻子也是为我好,就不再多说什么。有几次妻子开玩笑说,单位用你一个人,其实是在用咱俩,也不知道你们领导知道不,说得我哭笑不得。

都说少年夫妻老来伴,虽然我现在还不算太老,但能有妻子这样的人相伴,也算是人生的一大幸事吧。

小妹出嫁

再过些天,我一向疼爱的小妹就要出嫁了。按说小妹结婚是件皆大欢喜的好事,我应该高兴才对,可心里总觉得有些失落,有种说不出的伤感。虽然前些年为了她的婚事我央亲托友急得焦头烂额,可当她真的要离我而去的时候,内心里又是那么的不舍。虽然小妹的婆家离我并不远,可我清楚,结了婚的小妹永远成了别人家的人,不可能和我终日生活在一起,也不会再像从前一样和我嬉闹了。

就在昨天,无意中听到她的朋友说她想喝碗鱼汤而喝不到时,我顾不上吃已经做好的晚饭,慌忙跑到菜市场买了条鱼回来,专门为她熬了碗浓浓的鱼汤。望着下了晚班的小妹狼吞虎咽的样子,一旁的我虽无语却得到了极大的满足。当然,从不注重生活细节的小妹不可能意识到这碗鱼汤盛满了离别的愁绪,是用我感伤的泪水熬成的。

我不知道小妹在我的心里有多重的分量,但我深信小妹早已是我生命中抑或是生活中不可或缺的一部分,如同我的手足,抒写着我的喜怒哀乐。这也许是她小时候经历了太多的不幸,我和几个哥哥以及父亲给予了她太多的关爱,她长大后又给予了我们太多的关爱的缘故。

也许这个时候，我应该告诉小妹一个不是秘密的秘密——我和她的血管里，流淌着并不相同的血液。在她出生的当天，她的狠心的爹娘便把她无情地抛弃在一条无名的小河沟内，等我善良的母亲发现她时，她的小脸已经冻得乌青，生命微弱得连哭声都没有了。后来，是母亲用一碗姜汤和自己温暖的怀抱救活了她。但与那些吃奶的孩子相比，小妹算不上幸福，一贫如洗的我们不可能购买充足的奶粉供她吃喝，许多时候她不得不用饥饿的小嘴咀嚼母亲精心烧烤的红薯，咀嚼生活过早带给她的艰辛与不幸。

更为不幸的是，在她5岁的时候，母亲又因病离我们而去，抛下了常年在外的父亲，抛下了她和四个未成年的哥哥。从此，小妹开始了不是流浪的流浪生活，在这个亲戚家住几天，在那个亲戚家住几天，颠沛流离，尝尽了人间辛酸。

在我的记忆里，小妹的生活总是与寒冷和饥饿联系在一起的。记得有一次，做小生意的二哥用赚得的第一笔钱买了一斤卤肉回家，小妹一人竟然吃了个精光，吓得二哥拉着她在村里跑了半夜来消食。几月不闻肉香的小妹太馋了，一天只吃两顿饭的小妹太饿了。

没娘的孩子的童年是没有欢乐的。二哥外出卖东西的时候，小妹总是一个人在篮球场大小空荡荡的院子里玩。有一次，二哥天黑回来时，发现小妹竟然一个人爬到了二楼的房顶，双腿悬在房檐边喃喃地喊着二哥的名字。也许是看到了二哥过于兴奋，5岁的小妹一不留神从二楼重重地摔到了楼下。幸运的是，命大的小妹竟然毫发未损，但从此以后，二哥再也不敢外出卖东西了，连相亲那天也带着小妹，为此还闹出了二嫂要找个“二婚头”的笑话。

小妹中专毕业后跟着我生活了六七年。起初的两三年内小妹没有工作，我给她找了个送报纸的差事。每天天不亮，她就蹬着自行车城南城北地跑，一天下来要跑几十里甚至上百里的路程，但她从没有叫过苦喊过累，还把每月微薄的报酬一分不少地交给我。后来，我通过朋友给她找了份比较稳定的工作,小妹更是兢兢业业,不久便成了那家公司的业务主管。这期间小妹又担当起了照顾我女儿的职责,每天天不亮就起来做饭,一日三餐从没落过。为了辅导我女儿,繁忙的小妹甚至和我女儿同步学习。四五年时间,每天重复着这些单调而又烦琐的事情,小妹从没有过怨言,这些就连做父母的我们也难以做到。

让我愧疚的是,由于我的脾气不好,常常莫名其妙地对着小妹发火,而小妹总是以她宽容而仁慈的心接纳我的烦躁和不安。更多的时候,小妹会双眼含满委屈的泪水反过来安慰我。

平时,小妹对我更是悉心照料。看到我写稿件,她会不声不响地倒杯热茶端来;看到我脱下的衣服,她会马上洗净晾干叠好,然后放到我的床头;晚上下班回来,即使再晚,她也不忘把我的皮鞋擦拭一新;要是看到我哪几天工作劳累了,她总是千方百计地做些好吃的调节我的口味……

如今小妹就要出嫁了,所有的这一切似乎都不会再有了。但难过归难过,我还是感到欣慰,毕竟小妹找到了一个理想的归宿,祝福经历了大劫大难的小妹今后的生活美满幸福。

又见杰斌

前天，我正在上班，突然接到了一个电话，号码有点陌生。我问，你是哪位啊？电话那头说，我是杰斌啊，就在你们报社楼下。我说，那赶紧上来啊。

放下电话，我走出办公室，到楼梯口迎接杰斌。

我与杰斌，也算是老朋友了。感谢文学，是文学让我们走到了一起。刚到这家报社上班的时候，确切地说，是七年前10月份的一天，我在编稿时突然发现了杰斌的稿件。读完他的稿件，我眼前一亮。他的稿件，有很多是写人的，没有什么华丽的辞藻，但却充满了真情，读后总能让人的心微微一颤，似一缕温暖的阳光，给人以力量。后来，我接二连三地发了他的不少作品。但我们始终没有见过面，虽然我知道他工作的地方离我并不远。

我们就这样书信来往着。虽然没有见过面，但彼此已经很熟。第二年的冬天，有一天下了很大的雪，我正在上班，门卫给我送来了一个不大的包裹，用针线密密地缝着。门卫说，是一个年轻人送来的，放下就走了。我打开一看，是一包红红的小辣椒，里面有一张纸条，上面写着简单的一句话：道胜，天冷，老家的辣椒可以祛寒，多保重，杰斌。辣椒大小匀称,可以看出杰斌是一一挑选过的。我的心头顿时一热。这么冷的天,竟然有这么一个没有见过面的朋友冒着风雪来给我送辣椒,甚至连一口热水都没有喝,生怕打扰了我的工作。

我可以拒绝别人给我的东西,但我无法拒绝这包小辣椒。那年冬天,因了这包小辣椒,整个冬季我都不觉得寒冷。

后来的日子,我们依旧这么淡淡地交往着,谁也没有提出要见面。他写稿件,我编辑他的稿件,发表他的稿件。但在有限的书信来往中,我对杰斌的生活有了更多的了解,知道他所在的企业不景气,知道他下岗了,知道他买了新房……

我记不起是在什么时候什么情境下和杰斌见的面,反正是几年后我们见了面。杰斌和我想象中的一样,就像我的乡亲们一样朴实,浮躁的城市生活并没有改变他乡下人的习惯,包括他的言行,这使我们有了更多的共同语言。但我们极少见面,算起来七年中也就那么四五次吧。

杰斌这次来着实有点出乎我的意料,因为这是间隔时间最长的一次,有两三年了吧。杰斌这次来给我带来了一小袋自家产的花生,还有一小袋自家产的苞谷糁。和上次一样,我收下了。因为这些东西于我才是真正的心意。

见了面,杰斌憨憨地笑着说,道胜,我们都老了。我笑,是啊,奔四的人了,最好的时光已经过了。杰斌说,年龄不饶人啊,以后干工作要悠着点,身体才是自己的。我说是,但有些时候身不由己。我们很少谈文学,更多谈的是生活。

送杰斌下楼的时候,我忽然发现杰斌走路一颤一颤的,我问他怎么了,他说,坐的时间长了,颈椎、腰椎都出毛病了。我这时才想起来,我忘记给杰斌说一句话了:要保重自己的身体。

晚上回家后,我用杰斌送来的苞谷糁熬了一锅很浓很香的粥,虽然只有我一个人享用,但我还是感到很幸福。而杰斌送我的个体匀称、经过挑选的花生,我则要慢慢享用。

我所知道的二月河

不知怎的，忽然就想起了二月河。但请你相信，我绝没有想傍他名气的念头，要不，我早就写他一篇了。不因为别的，就因为他如今的名气太大，怕落嫌疑。

认识二月河已经近20年了，那时我好像还没高中毕业，二月河也远没现在这么出名，地区开文艺座谈会之类，一般都能见到他的身影。不像现在，名气大了，事务多了，亦可能是身体的原因，市里开文学类的会议，他一般是不参加的。

我那时没读过他的作品，对二月河的印象是胖大，说话幽默，仅此而已。事实上，帝王系列之前，二月河似乎也没发表过多少有影响的作品。

印象最深的一次是他在一次什么会议上介绍他创作帝王系列的艰辛过程，说夏天热，条件差，家里没有空调，晚上写稿时把双脚放到水桶里降温，还有，为了写作，熬夜把头发都熬掉了。

后来，又听他亲自说或听南阳别的作家说起他的情况，便有了一些零星的记忆。

二月河写帝王系列是很偶然的。在此之前，他只是红学研究会的会员。一次在上海参加红学会,吃饭的时候,一家出版社的编辑无意中说,中国古代的皇帝写得差不多了,可清朝的皇帝却没人写。说者无意,听者有心,二月河开玩笑说:我写写试试。那位编辑也开玩笑说,你写了我给你出版。本来都是玩笑话,谁也没有想到,二月河竟然当真了,并且这一写便一鸣惊人。

和大多数文学爱好者一样,二月河出名前也曾多次碰壁。他的《康熙大帝》出版前,最早寄给的是河南的一家文学刊物,好像是《莽原》,但编辑把它给否定了。后来,湖北长江文艺出版社一位编辑发现了它,并力排众议说服了出版社的领导,出版了此书。

二月河真正出名也不是因为这部书,而是沾了中央电视台把他这部书拍成电视剧的光。就在前不久的一次会议上,他还深有感触地说,一部好小说,再好,也只能是搞文字的人看,电视剧就不一样了,面对的是大众,是全民参与,因此比文学本子的影响要大得多。

二月河与姚雪垠似乎还有过节,好像姚雪垠一直不赞成他的作品,以至于有一次姚雪垠回家乡南阳开会,二人见面谁也没搭理谁,这件事南阳的作家们似乎都知道。但在二月河的书中,他从未提及过。倒是周熠在他的《红尘草色》一书中提到过这件事。

二月河出名前和中国大多数文人一样,十分穷酸。那时候,他复印资料、打个长途电话什么的,都要到我们报社去。我们总编还专门为他配了把钥匙。现在的二月河有钱了,有钱后的二月河很热心公益事业,为南阳办了不少好事。

二月河抽烟很厉害,且只抽红塔山,据说以前一天要抽好几包。但前不久我见他时问他这件事,他说现在抽得很少,一身毛病,不敢多抽了。

找出名后的二月河签名很难。出名前或者是刚出名那阵儿,谁找他他都给签,可后来找他签名的人太多了,他就想了一个怪招:签名前必须给希望工程捐款,拿着捐款条子才签。

见二月河并不难，因为他经常在大街上散步，偶尔也到菜市场买菜。如果不认识，你绝对想不到他就是二月河，因为他的穿着太一般了，像个农民，宽松式的大汗衫，圆口布鞋，夏天还习惯拿个大蒲扇，优哉游哉。

忘记告诉你了，二月河的出生地并不在南阳，但他自己说自己是喝南阳水长大的，死也要死在南阳，可见他对南阳的感情有多深。

朋友老姚

忽然间就想起了朋友老姚。

我和老姚相识在1992年的春天。那时,由于生活所迫,我在南阳办了一家职业介绍所。一天,老姚和他的妻子一起去我那里找工作,在推销自己时,老姚拿出了一叠已发表的文学作品。由于共同的爱好,我格外关注此事。可在小城找份适合他干的工作实在太难,虽几经努力,希望最终落空,但我却牢牢记住了他的名字:姚国禄。

后来,我到一家报社做了编辑。再后来,由于报社人手不够,需要招聘一名文字编辑,并面向社会刊登了招聘广告。在数十名候选人中,不经意间我就发现了老姚的名字。在我的极力推荐下,老姚还算顺利地进了报社,并和我坐在了一间办公室里。

这使我有了更多的机会去认识老姚。也许是从农村出来的缘故,或者是刚到报社的原因,老姚的话极少,也从不向别人提及他的过去。平时,除编稿、画版外,便是埋头读书、看报、写作。老姚每天准时上班、下班,在他的生活中,仿佛没有喜怒哀乐,生活就像白开水一样平淡。

那时,老姚负责副刊。面对成叠的稿件,他一一过目,认真修改,能用的精心修改后在报纸上发表,不能用的提出具体意见后退回。就这样,在报社的两年多时间里,他硬是使十多名文学爱好者成了当地小有名气的作者,有的还因此谋到了理想的工作。而当这些作者要感谢老姚时,老姚憨厚地笑笑说,没什么,应该的。

后来,我们所在的那家小报濒临倒闭,在这种情况下,老姚决定到南方打工。老姚临走的前一天晚上,我们到梅溪路一家餐馆话别。老姚说,其实他并不想走,他留恋南阳,留恋南阳的家,可他已是三十多岁的人了,岁月不饶人啊,再不出去以后恐怕就没机会了。我想劝他别走,可又找不出合适的理由。那天晚上,不善喝酒的我们喝得酩酊大醉,我落泪了,可老姚没有。

老姚走的那天,天空飘着蒙蒙细雨,我没去送他,也不知他将飘落哪里,但我相信,凭他的实力,他的为人,他会找到理想的归宿。果真,没多久,他来信了,说在江苏一家外资企业谋到了职业,还成了那家企业报的主编。望着那飘着油墨清香的报纸,望着那熟悉的报纸风格,远在几千里之外的我常常在心里祈祷,祝他好人一生平安。

后来几年,因为种种原因,老姚又跳了几次槽,但我们始终没中断过联系。而这几年,无论日子怎样,孤独的老姚始终保持着乐观的态度,积极地面对生活,且一直青云直上。

1999 年春,老姚来信说他到了上海一家高科技企业,那是一家很有前途的企业,老板对他也格外器重,并让我到那里看看。那年国庆节,我从几千里外的南阳赶到了上海。

已经 5 年没见面了,然而相聚的那一刹那,我们竟然相视无言,甚至连一句客套话也没有。老姚依旧是那样的淳朴,大都市的喧嚣与灯红酒绿并没有改变他。

晚上,老姚亲自下厨,精心烧制了几个家乡小菜,买来两瓶烈性白酒,并叫来了上海的朋友陪我。席间我们畅谈过去在一起时的难忘时光,也憧憬美好的未来。不觉间两瓶白酒已下肚,我们都微微有点醉意。

不会唱歌的老姚执意让我去歌厅小唱，拗不过他，我们打出租车前往。离歌厅还有一段距离，我们下了车，老姚说，让我感受一下大上海的夜景。深夜的上海和南阳没有太大的区别，除橘黄色的路灯和穿梭的车辆外，街上已少有行人，只有我们几个兴高采烈，手舞足蹈。而就在这时，一个巨大的乳白色的路灯罩不偏不倚地砸在了老姚的头上。顿时血如泉涌，我们几个一时都惊呆了。

当我们把老姚送到医院时，鲜血已染红了他洁白的衬衣。缝针时，老姚没让医生打麻醉针，还和医生谈笑风生，说他当兵时多次受伤，这点小伤不算什么。我知道，从没参过军的他是在安慰医生，也在安慰我们。10厘米长的伤口，整整缝了10针，每一针都仿佛扎在我的心上。而此时的老姚，好像什么事也没发生过。

第二天，我抱歉地对他说，要是我不来，可能就没有这场灾难。老姚说，是福不是祸，是祸躲不过，也许这是上苍对他的惩罚，惩罚他这几年没回去看我。我还能说什么呢？我知道，老姚是用他的善良和宽容来撑起属于我们两个人的一片晴空。医生说，拆线前避免外出，要不伤口会受风感染的。可老姚说，我来趟上海不容易，一定要带我看看上海。就这样，捂着伤口，从浦西到浦东新区，从东方明珠到上海外滩，从步行街到世纪公园，老姚陪着我走遍了大半个上海。

我要走了，老姚有点依依不舍。在去车站的路上，他执意要给嗜烟如命的我买几条红塔山，并非要塞给我几百元钱。我说，我不缺钱，在家也只抽廉价香烟，可老姚说，没有别的什么可表达的，他也知道金钱代表不了我们的友谊，可这是他的一点心意。我无法拒绝。

分别的那一刻，我的眼睛再次涨潮，而老姚则别过头去向我挥手。

河湾婶

很长时间没见到河湾婶了，见到她的那一刻，眼泪不自觉地流了下来。看见她，我便想起了我那早逝的娘亲，想起了她们一样的善良。

河湾婶和我们本不沾亲带故的，她姓什么叫什么，我至今不曾知晓，只是习惯地称她为河湾婶。20 年前的一天，在石桥高中读书的大哥回家路过河湾村时，不幸病倒在路边，河湾婶发现后二话没说便把他背回了家，治好了大哥的病不说，还垫付了药费。回家后大哥把这事说给母亲，善良的母亲执意买了礼物让大哥专程去河湾婶家表示谢意。一来二去，两家也就慢慢熟了。

那时河湾婶的家境比我们要好，她便千方百计地接济我们，大到三五十元，小到几斤青豆角，也要步行十几里送来。农忙的时候，她便带着女儿们一起帮忙春耕秋收。我至今还清楚地记得，她的女儿第一次帮我家春耕，见到地里大大小小的土坷垃时发出的惊呼声。也难怪，河湾婶那里的土地是沙质土壤，我们那里是黄胶泥，容易板结，耕种起来难免要费事一些。真正和河湾婶结亲是在我母亲病重期间。1986 年夏，母亲心脏病复发被紧急送往市人民医院抢救，河湾婶听说后，怀揣东挪西借的 200 元钱火速赶到了医院。那是雪中送炭的 200

元钱,没有那200元钱,医院将停止对我母亲的抢救。是她那带着体温的200元钱,让昏迷了一天的母亲醒了过来。

弥留之际的母亲知道自己快要不行了,她流着泪拉着河湾婶的手说,她最放心不下的就是我二哥的婚事和年幼的我们以后的生活,言外之意是想让河湾婶帮助照顾我们。河湾婶听懂了母亲的话外之音,也明白临终的母亲为什么把她当作一个可以依托的人。她安慰母亲说:“你放心,我已打定主意,把三妮小秋嫁给二娃,我以后会把他们当成自己的娃看的。”

母亲去世后,是河湾婶帮助我们料理完后事的。丧事期间,还让小秋和我们一样披麻戴孝守了几天的灵,这在农村是没有先例的。丧事不久,她就把小秋嫁给了我的二哥。她说,我们家老的老小的小,清一色的男人,没有个女人操持家务不像个家的样子。而那时我们家徒四壁,别说置办嫁妆,就连吃喝都成问题。但河湾婶不在乎这些,她不仅自己出钱为二哥置办了几件简单的家具,还随送亲队伍给我们送来了米面。

二嫂嫁到我家后,河湾婶反复嘱托她,一定要孝敬公公,照顾好年幼的我们。在我的记忆里,二嫂自踏进我们家门的那天起,便充当了一个母亲的角色。白天,她和男人一样下地干活;饭时,又和普通的农妇一样为上学的我们做应时饭;夜晚,一个人坐在灯下为我们缝补衣裳。我上高中后,为了让我穿得体面一点,二嫂把她那唯一的一件的确良布衫改了改让我穿。几年后,在二嫂的精心操持下,我们的家庭状况有了很大的好转。而这一切,我最清楚,和河湾婶的教诲和帮助是分不开的。

如今,河湾婶老了,头发有些苍白,皱纹也悄悄爬满了脸庞,但她就是闲不住,到这家哄几天孙子,到那家哄几天外孙女,虽然忙碌,倒也快乐。

她到海上去

卿卿走了，那个让我喜爱也让无数读者喜爱的卿卿走了。她带着她心中无法诉说的伤痛，带着说不清的遗憾，离开了这个生她养她的小城南阳，去了喧闹的大上海。

没有几个人知道她离开南阳的真正原因，但我知道，那个叫枫的男人，伤她伤得太深。爱并没有错，错就错在她爱错了对象。她不该爱上一个有家室的人。她曾幻想着这份爱情能够恒久，但最后她还是没有成功。她爱得伤心、伤情，也伤了灵性。关于她和枫的爱情，她曾有过这样的描述：曾想成为他最美丽的新娘，但他却早已做了别人的新郎。如果她真的死了，那么你告诉他，卿化作的蝶是黄颜色的，让他好找寻……这就是爱，这就是女人的爱，这就是那个叫卿卿的23岁的女孩的爱。

卿卿是个有个性和灵性的女孩，这表现在她与一般人截然不同的生活方式和思维方式上。生活中的卿卿是个比较邋遢的人。她可以不顾别人的议论，终年穿一身宽松但极张扬的黑色衣服行走在大街上，而这身衣服可能早已过时且穿在她身上很不合身；她会在每顿饭后把未刷的碗搁在水盆里，等攒了一大堆再去洗刷干净。这种追求自由和随意的个性直到她遇到枫后才有所改变。遇上枫后,她会因他喜欢橙色而把屋内布置成橙色的主调,甚至因他喜欢穿某一款拖鞋而把这款拖鞋经常穿在脚上。恋爱中的卿卿,一扫往日的冷漠和高傲,变得和普通女人一样多愁善感起来。即便如此,她直到临走时也没有得到过枫一句哪怕是看似虚幻的承诺。这个她所深爱的同时又可能给她一生带来悲剧的男人,在给了她热烈爱情的同时,又给了她太多刻骨铭心的痛苦。

卿卿的灵性表现在她鲜活的文章中。读她的作品,如同在一架钢琴上行走,每走一步都会发出美妙的音符来。卿卿是《南阳广播电视报》一手培养起来的。在此之前,她没有在报刊上发表过任何作品。两年来,勤奋的她以其灵性的语言打动了无数读者的心,以至于她走后的这几个月内有不少读者打电话问我:卿卿去哪儿了?怎么就不见了她的文章?我能给读者说些什么呢?爱情给她带来的创伤,不仅影响了她的生活,也影响了她的创作。

一个富有才情的女子就这样悄无声息地走了,可我又能说些什么呢?我只能说,卿卿,在离开家乡的孤寂日子里,希望你一路珍重。

诗人痖弦的故乡情结

早就听说过台湾著名诗人痖弦，也知道他是我的乡亲，但一直没有机会接触。2002年中秋节前夕，踏着故乡的月光，我终于见到了这位让人仰慕的诗人，他那挥之不去的故乡情结，至今让我难以忘怀。

痖弦已经几十年没有回过家乡南阳了。然而，让人惊讶的是，这么多年了，他的乡音竟然一点也没改变，仍说一口纯正的南阳话。见面的时候，我问他："老家人都还好吧？"痖弦用地道的南阳话回答说："除两个堂弟外，已没有直系亲人了，回家到祖坟上看了看，心里很不好受。"说到这里，痖弦讲了在老家扫墓时的一幕：当时，他准备拍些祖坟的照片带回去，可连拍了两卷都没有拍成，不是曝光就是卡壳。他说他妈在嚷（南阳话，批评的意思）他哩，说他一不是大款，二不是大官，咋恁长时间不回来哩！痖弦说，他不迷信，可总觉得对不起妈。

我又问痖弦："夫人身体还好吧？"痖弦说："瓤（南阳话，体弱的意思）得很，每天得吸会儿氧气。"吃饭时，文友们频频给他敬酒，痖弦一一接住并说："我知道咱家乡的规矩，得喝起。"我们问，先生离家这么多年，乡音咋会一点儿也没变？痖弦说，做人和作诗一样，首先是乡土的，然后才是民族的，最后才能走向世界。自己作品中不少鲜活的素材都来自家乡,没有家乡也就没有痖弦,也就没有痖弦的诗。

痖弦对家乡的戏曲更是情有独钟。谈到南阳的戏曲,痖弦说,家乡戏十分有诗意,也非常令人沉醉。他记得在家乡时,有一位姓杜的校长放着校长不干,去唱花旦。而南阳的名角浪八圈、小白鞋等至今仍令人十分怀念。他这样形容南阳戏的魅力:“女人们听戏时着了迷,把面条下到了水缸里。听说邻村有台戏,抱着孩子跑几里地去看,散戏了,戏场乱了,女人抱着孩子往家跑,跑到冬瓜地时被瓜藤绊倒,摔了一跤,孩子掉地上了,黑下里看不清,捞起个又长又圆的东西跑回了家,到家一看,抱的是个冬瓜,孩子却留在了瓜地里。你说咱南阳戏迷人不?”

痖弦说,南阳不少地方戏中的语句都像诗,像《李豁子离婚》中的“俺早上出去去拾粪,回来咋看不到俺的女人,莫不是她跟人家跑了吧?俺想她不是那样的人”等语句乡土气息浓厚,令人回味无穷,呈现出南阳文化乃至河南文化的一大特色。他的不少诗歌中都有南阳戏的影子。

痖弦离开家乡几十年了,但家乡情结始终萦绕心间。他告诉我们,为了不忘本,他给两个女儿起的名字都打上了家乡的烙印:大女儿小名叫小米,大名叫景平;小女儿小名叫小豆,大名叫景营。景是王家的辈分,平、营分别是舅家平洛和家乡杨庄营的其中一个字,至于小米、小豆,是地道的家乡土特产。现在,小米和小豆都长大了,痖弦还习惯这么叫,并且让两个女儿在家说南阳话。他说:“这两个名字叫起来亲切,说南阳话听着顺耳。”

1992 年痖弦第一次回南阳时,带回了刚从巴黎大学毕业的大女儿景平,让景平和他一起回乡寻根祭祖。这次痖弦回来时,又带了刚从加拿大大学毕业的小女儿景营回来认亲。他说,在加拿大,一般情况下大学生一毕业都要到欧洲旅游观光,而他却坚持让小女儿跟他一起回南阳,补上寻根这一课。

作为一个在国内外诗坛极有影响的诗人，痖弦的时间无疑是极其宝贵的。然而，移居加拿大温哥华的痖弦，却把大部分时间花在了应酬诗友上。平时，无论是家乡有名气的还是没有名气的作者，只要给他写信、寄作品，他都会及时地回信、修改作品。南阳的一些诗人，就是通过他走向海外的。

在加拿大，人们不像在家乡时那样随便串门，但保持家乡传统的痖弦总是主动到邻居家拜访。因此，痖弦和邻居之间的关系相处得非常融洽。平时，邻居家做了西餐，要给痖弦家送来一份，而痖弦家包了饺子，也不忘给邻居家端几碗。

每天傍晚，痖弦都要和最近的邻居一起散步。邻居喜欢宠物，养了只名贵的狗，每次出去散步，走哪条路都由那只狗来决定。多年来两人一直这样，其乐融融。

晚年的痖弦，生活比较悠闲，也很幸福。

李雪峰印象

因为工作的原因，平时和南阳的作家们打交道自然要多一些，但南阳作家群中的作家我并不全认识，因此经常有想见某位作家的渴望。李雪峰是我渴望见到的作家中的一个。

这几年，雪峰可谓红得发紫，他不仅经常有文章在国内外著名报刊发表，而且还有数篇作品被收入语文教材，这在南阳作家群中是不多见的。平时浏览报刊，也总会在不经意间发现雪峰的名字。而我每次读他的文字，都会在不知不觉间被轻轻打动。他的作品，不仅有诗一般闪光的语言，更有深邃的穿透力，所言极小，所指极大，蕴藏着丰富的思想内涵，读后能给人一种参禅般的顿悟。

前不久，市文联在王村举办“南阳作家论坛”，我沾了自己是副刊编辑的光，有幸在被邀之列，这给了我一个接触雪峰的机会。中午吃饭的时候，我恰好被安排在和雪峰同桌，他自然成了我和其他文友谈论的话题。

雪峰性情豪爽。想象中的雪峰应该是文质彬彬或一副文弱书生的模样，但呈现在我面前的他却是一个膀大腰圆、粗犷豪放的形象。吃饭间隙，他甚至把并不高档的汗衫高高撩起，露出微隆的肚皮。这也使他更自然地和我们融为一体，大家的距离一下子便拉近了。席间大家频频向他敬酒，雪峰来者不拒，从不推推让让且总是一饮而尽。雪峰说，喝酒喝的是一种心情，尤其是和文友们喝酒，喝下去的是酒，品出的是友情。而谁又能否认透过喝酒可以窥探出一个人的性情呢？

雪峰为人善良。那天吃饭，和他一同前来的王俊义老师突然胃病发作，痛苦不堪。大家敬酒时，俊义老师面露难言之色，这时，雪峰总是站起来替王老师喝酒，虽然他已经微微地醉了。这是一个容易被人忽略的细节，然而正是这个细节，使我看到了雪峰为人至善的一面。这也使我明白雪峰作为一个作家他的作品为什么总会在细微之处给人一种感动。这是雪峰为文和为人的统一。

雪峰有着和别的作家不一样的价值观。在出书难的今天，仅在2005年上半年就有四家出版社和他签约。雪峰收获的不仅仅是6万元的稿酬，还有市场对他的认可。雪峰说，他不看重金钱，可一个作家要有一个作家的价值取向，一个作家如果还没有一个木匠生活得好，那还算什么作家？当然，雪峰并没有嘲笑木匠的意思，他是说作家和木匠一样都是在创造艺术，但作家和木匠相比，其作品的艺术价值和含金量应该更高。正是因为有了这样的价值观，而今的雪峰，投稿前总会和出版社讨价还价，选择稿费最高的地方发表。我想，在作家荟萃的南阳，能有雪峰这样勇气的作家并不多，这也是当今南阳作家一个值得思考的问题。现在的雪峰，是《读者》等全国知名报刊的签约专栏作家，他也因此规定自己每天必须写出不少于千字的作品，这也是他的作品能够遍地开花的一个原因。

雪峰还是一个恋家的人。那天敬酒时，评论家薛继先说了一句意味深长的话：如果雪峰生活在北京、上海等大城市，其影响肯定不是现在这样。而事实上，这些年曾有不少地方向雪峰发出过邀请，但都被他拒绝了。雪峰说，他舍不得西峡的灵山秀水。

这就是李雪峰，一个不浮不躁、率真率性、循规却不守旧的作家。

朋友道杰

这些年,能把我当朋友、能被我视为朋友的人已经不多了。有时想想,这是我做人的失败,但再想想,又坦然了:物质社会,人心向钱,人情淡薄,世事所然。但也不是没有朋友,道杰哥算一个,而且是 20 多年的忘年交。

我与道杰哥相识于 20 世纪 80 年代末期,那时,我还在石桥高中读书。因为热爱文学,又在报刊上发表了一些文章,颇受周同宾老师待见,文联搞什么活动了,都会邀请我参加长长见识。也就是在这长见识中认识了道杰哥,知道他写诗,至于他是干什么的,诗写得怎样,一概不知。

真正与道杰哥接触是在我到南阳后。高中毕业后,我到南阳晚报社打工,记不清哪一年了,同为诗人的安同章在南阳办了份报纸,邀我兼职搞编辑。去了后才知道,道杰哥也在那里,我们成了同事。

说是编辑,其实我们干的是拉广告的活儿,挣的是提成的钱。一有空闲,我就和道杰哥东奔西走,南来北往,上唐河,去社旗,跑新野……但很多时候,我们都会空手而归,不因别的,就因为我俩脸皮不厚,心肠不黑,人家做了便做,不做也决不强求。

也就是在这跑的过程中，我对道杰哥有了更多的了解，知道他收过废品，干过泥瓦匠，偶尔写写小诗。同时，我也与道杰哥结下了深厚的情谊。

那些年，因为刚到南阳，加之收入又低，还得租房，我的日子过得相当紧巴，道杰哥就变着法子接济我。一起出门了尽可能地不让我花钱，逢年过节了买点吃的喝的送来，隔三岔五地买几样小菜到家里坐坐。

有一年的冬天特别冷，道杰哥看我穿着单鞋过冬，悄悄跑到一家鞋店为我定做了一双大头皮靴。起初，我问他多少钱，他说啥也不说，只说是别人送的，不要钱。后来我才知道，那双皮靴花了他 100 元钱。而当时，道杰哥的日子和我一样并不宽裕。嫂子没工作，三个孩子辍学的辍学，上学的上学，一家老的老小的小都眼巴巴地等着他挣钱。100 元钱现在不算啥，但在当时，是我半个月的收入，是我三个月的房租。那双皮靴，不仅让我温暖了几年，也让我光鲜了几年。后来，我买了房，搬了几次家，但那双皮靴我始终没舍得扔，至今还在我的鞋柜里放着。

这些年，因为工作的原因，我和道杰哥之间的走动少了，但我心里清楚，无论是我还是他，彼此还会常常念起对方。有很多场合，灯红酒绿时，我冷不丁地就会想起和他就着花生米、萝卜丝喝酒的情景，然后温暖并难过一番。我生活的圈子里，有很多人都知道道杰哥的名字。在他们的眼里，道杰哥不是我的朋友，而是我的哥哥。

而在我的心里，也的确把道杰哥当成了亲人。这其中的原因，除了他为人实在、与我爱好相同，还因为我们都来自农村，骨子里都还保留着乡下人的习性。

我想象不出道杰哥是在怎样的情境下进行诗歌创作的，但我能想象出他的忙和累。这么多年来，他虽然一直生活在城市里，但由于没有固定的工作，常常穿梭于钢筋与水泥之间，领着手下的十几个弟兄，在太阳下挥汗如雨。在如此艰苦的条件下，在文学日渐落寞的今天，道杰哥有如此的固守，着实让我这个从事文字工作的人汗颜。

大家都说道杰哥是个好人，但上苍似乎并不眷顾他。去年 8 月，因为盲肠穿孔，他在一家医院做了手术，谁承想遇到了草包医生，罪没少受，结果还落了个肠粘连，至今还只能吃流质食物。然而祸不单行，9 月，嫂子又被诊断出患了肺腺癌，一家的天简直要塌下来了。拖着病体照顾嫂子，300 多天的时间，我不知道道杰哥是怎么扛过来的。

“病床前/捋着你的手/看吊针滴滴答答倾诉/几十年的风风雨雨/在这滴滴答答的倾诉中/演变成一幕幕/红过脸的磕磕碰碰/缺这少那的油盐酱醋/幻化成一汪奔腾的泪湖/真想让此刻定格/定格成苦辣酸甜的雕塑”。在这首《给病妻》的诗歌中，寥寥数语，诠释了他和嫂子几十年的风雨人生，也表露出他的无奈和伤感，以及他对嫂子的真挚情感。

好在道杰哥是坚强的、乐观的，这种坚强和乐观表现在他与病魔的顽强搏斗上。在《病房杂记》中，他这样写道：在这生与死的地狱门前/咋还开出小诗一朵/那是将要西去的人啊/还热爱着生活……这是一种怎样的生命感悟，又是一种怎样的人生态度！

想起了安同章

一场细雨,让南阳毫无征兆地一下子从夏天直接过渡到了秋天。昨天还像火炉似的城市顿时凉爽起来,也洗却了多日来悬浮在人们心头的烦躁不安。

昨晚终于睡了个好觉。这段时间因为报纸改版,我整日疲惫不堪。莫名其妙地,睁开眼的瞬间,我突然间就想起了安同章——一个长我 20 岁的忘年交。

我与同章兄相识于 20 世纪 80 年代。那时,我还是一个中学生,时不时在《南阳日报》上看到他的文章,有时是小诗,有时是散文,也偶有杂文。印象最深的是他写的《妈至晚年思妈声》,大意是母亲到了晚年,儿子却疏远了母亲,听不到儿子喊妈妈的甜蜜声音。那篇文章不长,却深刻揭示了人性蜕变,让尚在读书的我记住了他的名字。

认识他实属偶然。那次原南阳县文联召开一个文艺座谈会,因为那时我已在全国不少报刊发表了一些作品,周同宾老师便让我参加座谈。也就是那次座谈会,我认识了安同章,知道他是一个农民,家在红泥湾乡,后来到《南阳日报》广告部打工。也就是从那时起,我们有了短信联系,每年也总能在文艺座谈会、笔会之类的场合见上一两次。

联系真正多起来是我到南阳上班之后。1990年,我到《南阳晚报》打工,因为在同一个城市,又有着共同的爱好,我们一帮文友经常在一起聚会,白河岸边、街头餐馆,抑或是某个文友的家中,就着简单的菜肴,谈诗论文,把酒言欢。那时虽然生活都很拮据,但每个人总会从不多的生活费中抠出十元八元轮流做东,简单中盈满真情。

同章兄是农民,但那时的他与我们不一样,我们大多只是文学爱好者,而他则有个"农民作家"的头衔。因为他是我们这帮文友中年龄最大的,因为他的热情,无形中他成了我们这个小群体的"老大",统率着这支不在编的队伍。大家无论谁在写作中、工作中或生活中遇到不顺心的事,都会虚心向他请教,而他总是不厌其烦,能帮就帮。

同章兄虽然那时已在南阳生活多年,但城市的喧嚣没有改变他的农民本色,他的血液里始终流淌着农民的淳朴与率真。哪位文友揭不开锅了,若张嘴向他借钱,他即便没有,借钱也会帮人救急。

同章兄又与一般的农民不一样。他思想开放,敢想敢干。20世纪90年代初期,大多数人还没有经济头脑时,他已两条腿走路了,一边搞创作,一边抓创收。那时,南阳的市场经济已逐渐繁荣,各种私营公司如雨后春笋般出现在南阳的大街小巷。急于成名的老板们迫不及待地想在媒体上抛头露面,这给搞新闻的我们提供了创收的空间。当时,南阳除《南阳日报》《南阳晚报》《声屏周报》三家影响较大的报纸外,各部门也纷纷办起了报纸,如原地区总工会办的《南阳工人报》、南阳日报社办的《南阳新闻报》、科委办的《南阳科技报》、司法局办的《南阳法制报》、行署经协办办的《中部开发报》等。一些精明的文人或新闻人也不失时机地挂靠某些部门办起了报纸,如《南阳开发报》《南阳画报》《南阳商报》等。同章兄便是其中之一,他辞掉了《南阳日报》的工作,拉拢了几个还算懂行的文友们,在仲景路的某个旅社办了份《南阳企业报》。

在没有互联网的那个年代,虽然小城南阳报纸众多,但各家报社生意火爆。我和很多媒体人一样,像明星走穴似的穿梭于各家报纸之间挣提成。那时,新闻主管部门对媒体的管理还不规范,写软稿收费不像现在这样被严厉禁止,各家报社创收的主要形式就是写篇稿子要点钱。我依稀记得,随便在街上找个公司,写篇稿子,就能收几千元钱,自己能挣30%左右的提成。这样算来,最多的时候一个月挣几千元不在话下,而当时我每月的工资只有350元左右。但好景不长,仅仅过了几年,国家就对新闻媒体出台了严格的管理措施,不是国内统一刊号的一律停刊,仿佛一夜之间南阳的很多报纸都销声匿迹了。

同章兄是个不安于现状的人。他看到《声屏周报》在社会上的影响很大,就考虑在别的城市创办广播电视报。经过调查,他把目标选在了开封,他的一个战友在某部门任职。有年春节,他拉上我大年初二就去开封协商此事。遗憾的是,由于种种原因,在开封办广播电视报的愿望最终未能实现。但从这件事可以看出他的精明与思维的超前。

回来后,经过几个月的酝酿,他又开始筹备在南阳汽车站安装电脑大屏幕,为企业做宣传。这在当时绝对是一个新兴行业。别说南阳,就是省会郑州也没有几个。就在大家还在为这事议论纷纷时,他已贷款几十万元在南阳汽车站动起工来。

同章兄真正起家在电脑大屏幕,摔跟头也摔在了大屏幕上。可以说,一段时间大屏幕曾给他带来了不少的利润,但有钱了的同章兄和那时的很多老板一样,没有抵挡住美色的诱惑,迷失在一位年轻女子的石榴裙下。再后来由于管理不善,没过几年,寄托着他的希望与梦想的大屏幕生意便倒闭了。

债主催债,朋友远离,妻离子散,落魄的同章兄只有远走他乡。他去了哪里?如今人在何方?没有人知道。但我知道,同章兄肯定也会和我一样,在某个时候不经意间想起彼此,想起曾经的往事。

生活成就了同章兄,生活也毁了同章兄。但无论怎样,他永远都是一个让我无法释怀的好兄长。

周熠走了

周熠走了！

上午刚上班，魏珂就告诉了我这个不幸的消息。虽然我知道他躲不过这次的劫，但听到这个消息，我还是不愿相信这是真的。一整天，我都在想着他，想着和他交往的点点滴滴，想着他的亲切话语和音容笑貌。我没心情去干任何事，就像此时，我正在看版，忽然就又想到了他，让我不得不停下手中的活儿。

这么一个好人，怎么说走就走了呢？我想不明白，一个对生命大彻大悟的哲人，一个开朗乐观的人，怎么会选择这样一个极端的方式结束自己的生命？忍受不了病痛的折磨，还是不愿再连累家人？

“没有半点生缘。”这是他这次生病期间发给魏珂的短信。周老师这次生病住院，我一直没去看望。因为朋友告诉我，一直没有吃饭的他羸弱得连发短信的力气都没有了，而且他几乎拒绝见任何人。他说，他瘦得几乎脱了相，还是把自己美好的一面留给朋友们吧。在这种情况下，我不忍心再去打扰他。但我一直牵挂着他，几乎每隔几天都要向朋友打听他的情况。而今，我真后悔当初的选择，为什么不去看看他呢？不说话也行，悄悄看一眼就走，哪怕是在病房外，但现在说什么都晚了。

第一次和周老师交往是在我上高中时。那次,我给他寄了篇稿子。他当时是《南阳日报》的副刊编辑。没多久,我收到了他用毛笔写给我的退稿信,上面除鼓励的话语外,还针对我的作品指出了不足之处。这是我收到的第一封退稿信。后来,我继续给他寄稿,虽然发的数量很少,但周老师为人的真诚已深深地印在了我的心里。再后来,他成了报社领导,也在一些会议场合见过他不少次,但并没有深谈过。对他,我一直怀着一种敬畏。

和他交往真正多起来是在我到《南阳广播电视报》做副刊编辑之后。此时的他,已经病退在家,而且诸病缠身,甚至不能说话。但他非常关注我编辑的副刊,哪期我编了一篇好稿件,他都会发短信给予鼓励。这期间他还托人给我送来了几篇他写的稿件支持我。当我把微薄的稿费送到他家时,他总是说要用这点钱请我的客,每次我都说等他好点了有机会了再说。这期间我曾经喊他出来吃了两次饭,已不怎么参加聚会的他每次都爽快地答应了。

去年7月份的一天,我正在上班,突然收到他的短信,说让我到他家去一下。去了才知道,他的新书《红尘草色》刚刚出版,要送我一本,并且很认真地在上面签了名。回来后,我隔段时间就从书上选发一篇,想用这种方法来安慰他。我还和魏珂一起,瞒着他每人出钱买了他10本书。虽然他不知道我们买书的事,但他对我发他的文章总是心存感激,每发一篇他必发短信过来。这次生病前,他还给我发短信,说最近请我吃饭。他还几次劝说魏珂,让她把自己的作品整理一下,出一本书,他为魏珂作序。我不知道,魏珂还会不会再出一本这样的书。

周老师,天堂的路上您一路走好。

追忆孙幼才

每年的 11 月 20 日，我都会不由自主地想起孙幼才老师。而一想起他，便禁不住流下泪来，心像撕裂般难受。一个和善的老头，一个有恩于我的老师，就那么不声不响地走了。留给我的，只有不尽的思念和说不出的痛楚。

坦诚地说，孙老师在世的时候，我与他的接触并不算太多。然而，就是在这有限的交往中，他的乐观、豁达、顽强给我留下了极其深刻的印象，也影响着我的人生。

熟悉孙老师的人都知道，他的一生是十分坎坷的一生。幼年丧母、中年丧妻、老年丧子，人生的三大不幸，全让他遭遇了。尤其是 20 世纪 80 年代末 90 年代初他的两个儿子相继去世，给了他极为沉重的打击。白发人送黑发人，这种不幸要是搁在常人身上，精神也许早就崩溃了。然而，孙老师却凭着他对生活的热爱、对事业的执着、对生命的深刻理解，依然乐观地活着，并且走到哪里，就把笑声带到哪里。

作为一名文学爱好者，孙老师对我的帮助是我终生难忘的。1990 年，刚毕业的我在家待业，焦虑中冒昧地给孙老师写了一封信。孙老师接到信后，为我的工作四处奔波，最终把我安排到了南阳一家报社，而他连我的一根烟都没吸过。后来,每当我提及此事,他都会笑着说:“这不是我老孙的功劳,是你娃子奋斗的结果。”话虽这么说,可我心里清楚,没有孙老师的热心帮助,没有他给我提供的这个机遇,我是无论如何也走不到今天这一步的。

孙老师的善良是众所周知的。那年,我因事请客让他作陪,没想到他来的时候竟然提了两瓶好酒。孙老师说:“你刚上班,经济紧张,我家里正好有两瓶好酒,就拿来了。”他住院期间,不少文友都知道他患的是绝症,去看望他的时候尽量不提及病情,怕他心理上承受不了。可我每次给他打电话,他都会喘着粗气反过来安慰我,说他的病能治好,让我不要操心。我也一直认为,孙老师直到去世也不知道自己患的是什么病,可后来听他的女儿向村说,他一开始就知道自己的病情,只是不愿给大家增添不必要的负担罢了。孙老师就是这样的人,直到生命的最后仍在替别人着想。

孙老师的作品和南阳作家群中其他作家相比,数量不算太多,但在这些作品中却塑造了一群善良的人,给人以鼓舞。这是他本性的自然流露和一生忧患的宣泄。他的价值,不在于给读者奉献了多少精神食粮,更重要的是,在文学宛军这支劲旅中所起的催化剂作用。作为市作协副主席兼秘书长,多年来,他一直为文学宛军的崛起呐与喊、鼓与呼,并亲手组织了许多活动。对于文学青年,他更是表现出异常的热情,把自己的家当成了文艺茶社。在他不太长的一生中,经他的手扶持起来的文学作者有几百人,发表文章数千篇,有不少人还因此走上了自己喜欢的工作岗位。

1998 年,台胞杜道珍女士和台湾著名诗人痖弦协商,准备出一本南阳籍诗人作品选。孙老师知道后,主动承担起了该书的通联工作。此后,他自费与南阳籍诗人联系、征稿,并和南阳其他作家、诗人一起对每一篇稿件做了精心修改。定稿后,他又多次与出版社联系出版事宜,与痖弦联系写序言之事。后来,虽然联系好了出版社,痖弦也写好了序言,但由于种种原因,这本书最终未能出版,这也成了他一生的一个遗憾。

孙老师去世后,遵照他的遗愿,家人没有为他开追悼会,把他的骨灰撒在了生他养他的白河里。这是一种怎样的人生境界啊!

天若有情天亦泪,依依难舍恩师情。孙老师走了,但他的精神永存!

我的左邻右舍

女儿上初中后，我们便在距学校较近的红庙村租了房子。这是一个三层楼的大杂院，除了房东老两口，院里住着和我一样的四家租房户。二楼是三个单间，我住中间，东边姓陈的胖娃上初中一年级，西边姓朱的小姑娘上初中二年级，他们便成了我的邻居。照顾他们的是他们的母亲。

我们都是去年秋季搬来的。刚搬来时，我们和原先在单元房居住一样，彼此很少来往。但没过多久，我们便熟了起来。同在一个屋檐下做饭，同用一个水池，大家想不接触都不行。

每天固定的做饭时间是最热闹的时候，三家齐上阵，乒乒乓乓的锅碗瓢盆声成了我们枯燥生活中最动人的乐章。我们最初的交流是从做饭技巧开始的，谁家做出了一道新颖的菜，另外两家很快便能学会，像炸薯条、红烧鸡皮、鱼香茄子等原先吃过但没做过的菜，如今几家都能做得得心应手，令孩子们胃口大开。

俗话说，远亲不如近邻，近邻不如对门。自从搬来居住后，我对这句话有了更深的理解和认识。因为大家都有自己的工作和事业，平时谁都难免因事耽误个一天半天的，而这种情况，你不用担心，也不用打招呼,吃饭时左邻右舍准会把饭菜端到孩子的面前。而谁家哪顿包了饺子或馄饨,也不忘给左邻右舍盛上一碗。

时间长了,三家人竟然如一家人一样亲热,彼此也有了更多的关心和帮助。原先我们每天晚上定闹钟,怕早上起晚了耽搁孩子吃饭,而今谁都不用再定闹钟了,三家总有一家早起的,谁起晚了会被另一家叫醒的。而像捎带着倒个垃圾、顺手关关煤气罐、帮忙燃块煤球等生活琐事,也都成了各自生活中的一个习惯。

我是个不注重生活细节的人,楼梯的卫生从来没有打扫过,拖地便成了左邻右舍的活计,而她们从来没有埋怨过,弄得我尴尬不已。更糟糕的是,粗心的我常常在做饭时才想起忘记了买葱、姜,或是少了盐和味精,这时候只有不好意思地向左邻右舍讨要了。当然,这种情况左邻右舍也有,每每这时我便有种帮人的快乐。一次西边的邻居听说我有失眠的顽疾,三番五次地给我介绍失眠的疗法和注意事项,还把自己吃的药物送给我,让我感动不已。而这种事,是我在这座城市里生活了十几年从没有碰到过的。

更让人高兴的是,大人们的关系融洽了,孩子们之间相处得也很融洽。闲暇的时候,几家的孩子或在一起探讨学习,取长补短,或在一起打打闹闹,其乐融融。难怪孩子们现在一到星期天都不愿回家了,他们说,在家还没有在这儿好呢。

记得《左邻右舍》中唱道:城市里的高楼越来越多,人们之间越来越少联络,是周围的环境改变了你我,还是我们自己相互封锁。……我的那个左邻右舍,有什么困难尽管对我说。大家都在一起住着,相处好了都快乐。是啊,生活中虽然有太多的功名利禄给人诱惑,但只有人与人之间的真情能温暖彼此的心窝。一个善意的微笑,一句真诚的问候,一根葱,一块姜,一勺调味品,这些都是我们生活的佐料。在生活节奏日益加快的今天,我们缺少的不正是这些看似平淡的细节吗?

第二辑　生命阳光

孩子，不哭

孩子,昨晚爸又失眠了。失眠的时候,爸会想很多很多,无厘头地想。

昨天下午,不,确切地说应该是晚上,当你放学后背着沉重的书包疲惫地走进屋时,你没有了往日的欢笑,而是像霜打的茄子一样出现在爸的视野里。爸以为是你太累了,就慌忙去取你的书包。那个十几斤重的书包,爸不知从你身上取下了多少次。爸讨厌那个书包,生怕它会压坏了你幼小的心。可爸也知道,那个书包承载着你的前途和命运。

可是,你却没有像往常那样顺从地把它从肩膀上卸下给我,而是什么也不说,挣脱我的双手,走进了那个囚禁了你三年的小屋。爸注视着你。你狂吼了一声,然后趴在床上大哭起来。你从来没有这样过,爸感到一种前所未有的恐惧。爸不停地问你,你还是哭。然后,你跑到三楼楼顶继续吼,那种吼,让爸惊悸和战栗,也让爸感到不安。爸跟了上去,孩子,你让爸太担心。原谅爸的敏感,你的一个细微的举动,都足以让爸警觉。爸的心里很酸楚。

你还是给爸说了原因。你说,昨天考了英语和化学,化学只考了

29.5 分,你接受不了这样的事实。这是爸知道的,下午的时候老师就发了短信,爸还知道你英语考了 98 分。爸还知道,全班英语 98 分以上的没几个人,化学的最高分也只有 48 分。接到短信时,爸联想到你这次语文考试在班里也是名列前茅,爸为此还高兴了一下午。爸还准备在吃饭的时候表扬表扬你,可是却没想到出现了这样的情景。

在爸的劝说下,你终于坐到了饭桌前。面对目光呆滞的你,爸苦口婆心地说了几十分钟。

爸首先肯定了你最近跳跃式的进步,告诉你有这样的上进心是好的,可也不能对自己要求太高。可以给自己定个目标,但要切合实际,人,不能一嘴吃个胖子。看到自己不足的同时,也要看到自己的优点。爸告诉你,在重点学校的重点班级,压力就是比别人大,但要横向比也要纵向比,如果你在乡里的普通学校,爸相信你的成绩在学校会遥遥领先的。任何时候,任何情况下,都不能失去信心,不能被自己打败,不能自暴自弃。这只是一次小考,一次的失败说明不了什么,笑到最后的人才是胜者。你要有面对困难和挫折的勇气,要养成良好的心态,不说现在,就是将来参加工作了,也会有这样那样的意想不到的问题出现。所以,一定要意志坚强。

听了爸的话,你没发表任何意见,但你给爸说了心里话。你说,卷子发下来后,你哭了一下午,连老师布置的作业都没抄。还说,你又有了出走的念头,但一想到出走怕爸妈难过,就没敢那样做,并拿出了同学发给你的"你走了把我也带上"的短信让我看。

听了你的话,看了同学的短信,爸哭了,哭在心里。爸很感激你,感激你给爸说了真心话。爸忍着内心的剧痛,告诉你,任何时候,任何情况下,都不要有这样的念头,想都不要想。你还没有到非走不可的地步。如果感到压力太大,咱可以不上学,上学也不是唯一的出路,可爸妈不能没有你。爸妈就你这一个孩子,没有了你,也就没有了一切。

爸还告诉你,你要相信爸妈,无论遇到什么自己不能解决的事,都要及时告诉爸妈，相信爸妈都能很好地处理这些问题。你还要相信，这个世界上，爸妈才是永远最爱你的人。

你还把自己的右手拿给爸看，说你下午用钢尺在手上划，想通过自虐来缓解心里的痛苦。爸看见了，几道鲜红的划痕，其中一道还伤到了肉里，流了血……孩子，你知道吗？那一刻，爸爸的心里是多么的痛。

爸不知道该怎么安慰你。你长大了，有了自己的思想，但你的很多想法还真的不成熟。爸希望你能出类拔萃，但爸更希望拥有一个健全的你啊！

孩子，你能明白不？孩子，不哭，好吗？

我不是一个好爸爸

最近，我在博客上写了女儿军训期间我对她的照顾，有朋友看了，大呼我是一个有责任心的爸爸，更有女性朋友羡慕孩子能有我这么一个好爸爸。长期以来，我也一直这么认为。女儿从小学三年级到初中三年级，一直是我在外面租房陪她度过的。我既当爹又当妈，每天早上六点钟准时起床，一日三餐的应时饭几乎从没落过，其中的辛苦，我心自知。可是，随着孩子的不断长大，我越来越觉得自己并不是一个称职的爸爸。

好的爸爸，应该是一个快乐的爸爸。他能够给孩子提供一个轻松愉悦的生活、学习空间，让孩子在快乐中成长。可我身上却遗传了我父亲严肃的基因，根本就不懂得什么叫幽默，家中也因我少有笑声而显得死水一潭。我越来越意识到，在这样的环境中，孩子跟着我所受的压抑是多么大。可是，我却无力改变自己。

好的爸爸，应该是一个自信的爸爸。他基本上不在妻子和孩子面前诉说自己工作和生活中所面临的压力，或者在诉说压力时显得十分不以为意，从而给孩子敢于直面困难和挫折的勇气，让孩子对生活充满信心。而我，简直就是个懦夫，当困难和挫折来临时，很多时候都会选择逃避。这似乎不是男人的行为,但却真切地发生在我的身上。

好的爸爸,应该是一个民主的爸爸。他会认真倾听孩子的心声,尊重孩子的人格,不轻易在孩子面前指手画脚,不轻易对孩子大吼大叫,还会知错就改。而我,虽然也会让孩子发表自己的意见,但常以家长自居,很多事都独断专行。孩子大了,却不敢轻易表达自己的观点,这是一个很可怕的危险信号,会抹杀孩子的自信心。

好的爸爸,应该是一个随和的爸爸。他会每天挤出一点时间,要么陪孩子玩玩游戏,要么陪孩子逛逛书城,要么陪孩子一起研究研究习题,还会坐下来认真听听孩子的快乐与烦恼,从而与孩子一起分担痛苦、分享快乐。他会明白什么才是孩子真正的需要,会明白精神上的满足远远大于物质上的满足这个道理。

好的爸爸,应该是一个上进的爸爸。他最好有一技之长,生意或工作干得都很出色,能不断拿出成绩证明给孩子看,但他永远不能满足现状,能不断给自己增值,以实际行动给孩子做出榜样,而不是只会指指点点地说教孩子。

好的爸爸,应该是一个体贴的爸爸。这种体贴,不仅仅体现在对孩子上,还体现在对孩子的妈妈、爷爷、奶奶上。只有这样,孩子才能真正感受到家庭的温暖,才能学会去关爱别人、体贴别人。太严厉的父亲,会让孩子感觉不到他的温暖。

做个好爸爸真难,可既然意识到了这些,就努力地做一个好爸爸吧。

女儿的生日

今天是农历六月十九,按照佛教的说法,是一个黄道吉日,因为今天是观音菩萨的得道之日。每年的这一天,天下的善男信女都会到寺庙去烧一炷香火,许个平安愿。

而这个日子对于我来说更有一种特殊的意义,因为这天是我女儿的生日。我知道这只是一种巧合,但我更愿把这看作是上天的恩赐。我想,大慈大悲的观音菩萨也一定会保佑我的女儿一生平安幸福的。

今天是女儿的第十五个生日。一大早,她妈妈就和其他同修一起去了鸭河龙泉寺进香。我知道,除了信仰,这对于她妈妈来说更多的是一种寄托抑或希冀。虽然她知道女儿的路终究要靠她自己去走,但她宁愿把这种无形的信仰幻化成一种心愿。

女儿对这个生日却看得异常平淡。她长大了,有了自己的思想,这是我感到欣慰的。早上她走的时候,我问女儿要什么样的礼物,女儿说她大了,无所谓过生儿不过生儿的,什么礼物也不要。女儿之所以这么说,可能是她真正意识到了父母挣钱的不易。

下午我还是抽空去了趟作家图书城,想给女儿重新买一套四大名著和一本《格列佛游记》。女儿小的时候,我曾经给她买过一套连环画的四大名著，但那是一个很肤浅的版本，如今已不能满足女儿的需求了。《格列佛游记》是学校要求假期读的一本书，女儿本来想在网上阅读，但考虑到时间上的不便我一并买了。总共 5 本书，花了我 236 元钱。晚上把书给女儿的时候，她显得很高兴。女儿对书有种特别的喜好，她的身上遗传有我的文学细胞，小小的年纪已有多篇作品在报纸上发表，还多次获奖。但我并不希望女儿把过多的精力投入到写作上，她需要的是大量知识的积累。我只希望女儿在不影响学业的情况下能多读一些好书。

另外，她妈妈也花 100 多元钱给她买了一身衣服。女人，随时随地都会和美丽联系在一起。虽然她也知道女儿并不是特别爱穿着打扮，可她还是想把女儿打扮得漂亮一点。

晚上，我们去了白河上游的槐树林吃了顿简单的晚餐。我们一家三口依河而坐，一张圆桌，几个小菜，一瓶啤酒，虽没有蛋糕和蜡烛，但在习习的晚风中，倒也显得其乐融融。

记住父母给予你的一针一线

“慈母手中线，游子身上衣。临行密密缝，意恐迟迟归。谁言寸草心，报得三春晖。”孟郊的《游子吟》，我小时候就会背诵，是我慈爱的母亲教我的。当时是不可能体会到诗中的意境的。当我明白这首诗写的是什么意思时，母亲没有等到我去报她的“寸草心”，便已离我远去。而今，当孩子成为我生命中的全部，我对这首诗更有了一种深层次的理解和认识。

昨天中午吃完午饭，女儿对我说：“爸，你把我的书包缝缝吧。”我对女儿说：“你自己去缝吧。”女儿没有理会我，独自一人学习去了。

其实，女儿的书包背带已经断了几天，早几天就对我说过，但我没给她缝。我想让她自己动手，以便她有一点生活自理能力。可女儿宁可换一个袋子拎着书本上学，也不愿自己动手缝书包。我知道女儿的学习忙，并不抱怨她什么，可我心里也清楚，15 岁的女儿事实上是不会使用针线的。

我小的时候，七八岁就开始下地干活了，遇到三夏大忙，还要拿镰刀下地割麦，偶尔也会帮父母做点简单的饭菜。而今的孩子，大多在父母的宠爱下成长，丢失了这种动手的能力，有的甚至在上了大学后还不会自己动手洗衣服，更有甚者回家时带大包小包的衣服让父母去洗。我真担心女儿会像他们那样。也正因如此，我总是有意识地去锻炼女儿，可往往不能如愿。

我很庆幸小时候的磨炼提高了我的生活适应能力。上高中时，因为已经没有了母亲的关爱，我不得不自己照顾自己，像缝缝补补之类，不得不自己去干。那时，即便是拆洗被褥，也是自己一人完成。记得第一次缝被子时，因为针扎不进去，我是用砖头块一针一针顶着缝好的。

成家后，因为有了妻子，像这类缝缝补补的差事已经不用我自己动手了。只是女儿上初中后，因为家离学校较远，我在学校附近租房，照顾女儿的重担便落在了我的肩上，自此我便成了女儿的半个“妈妈”。

已经很长时间没有使用针线了，给女儿缝书包的时候显得十分笨拙和吃力。女儿的书包是帆布做的那种，针一点也扎不进去，我是用硬币一针一针顶进去的。等把她的书包缝好，我已经拿捏得一身大汗。

女儿没有说感谢，我想也不用说，但我希望若干年后女儿能记住父母曾经给予她的一针一线。

女儿的思想

半个小时前，我为女儿做早饭。早饭很简单，两袋牛奶，一个馒头，一份烧土豆丝，外加两个鸭蛋，这是女儿基本固定的早餐食谱，有时也会稍加变化，虽然简单，但营养基本均衡。一般情况下，我在20分钟左右即可完成。

吃饭的时候，女儿忽然问我："你投诉送牛奶的没有？"

女儿之所以这么问，缘于给我送牛奶的人的不敬业。这位送奶工是春节前刚刚换的，他有时送得不及时，有时干脆不送，有时两天送一回。春节期间，一个月的牛奶也不知送到了哪里。最近一段时间，他更是经常性地迟送或漏送。而他似乎也摸准了我的脾性，没有丝毫要改变的迹象。次数多了，我便在女儿面前多次说起过。可说归说，我还是没有投诉。没有投诉的原因，一是这两袋牛奶是报社免费为大家提供的福利，丢了似乎也不太心疼；二是我一向认为送奶工干这份工作不容易，投诉他一次，这个月的奖金可能就没有了，于心不忍。所以，当女儿问我的时候，我告诉她，人家也不容易，算了。可女儿却十分生气地说，他不容易怎么了？谁干工作都是不容易的，人不分高低贵贱，但无论干什么工作都要干好，本职工作干不好，就是失职，就要投诉他。工作艰辛不是干不好的理由。

听了女儿的话,我当时感到十分诧异。女儿一向是有爱心的,平时走路也生怕踩到了蚂蚁,遇到街头的乞丐也总要给予施舍,这些话似乎不应从她嘴里说出。可女儿上学走后,我仔细想想,又实在挑不出她的错来。女儿大了,有了自己的思想,而这种思想正是我应予以肯定的。

是的,人的工作没有高低贵贱之分,你既然从事某种工作,就要干好。女儿的话,也算给我上了一堂思想政治课。

女儿军训

再开学,女儿该上初三了。初三是初中最后的冲刺阶段,市里不少学校已提前开学。女儿的学校却决定在开学前集体军训,时间定在8月13日至19日。起初听到这一消息时,女儿有点兴奋,但没过多久担心和顾虑便多了起来。女儿虽然什么也没说,但我知道,苦和累女儿并不怕,她怕的是自己那张白皙的脸被晒黑。爱美是女孩的天性,女儿大了,这种担心和顾虑也在情理之中。

头天晚上,我便张罗着为女儿准备军训的所需物品,吃的、喝的、抹的、用的,我在脑海里一遍又一遍地列着清单。为增强她的体质,我决定每天早上让她喝牛肉汤,女儿不爱吃肉,我就一遍一遍地劝说;怕她中暑,赶紧跑到药店给她买来藿香正气胶囊;屋里的绿茶还没喝完,又赶紧到超市购买一箱;听说小护士防晒霜防晒效果好,满城地寻找这个品牌的防晒霜,结果还是没找到,就买了几盒青蛙王子,并且告诉她不要心疼,脸上、胳膊上、手上,凡是裸露的地方都要涂抹到,甚至还违心地教女儿如何投机取巧。

即便这样,军训的第一天,女儿的脸还是被晒伤了,到了晚上,一个劲儿地喊疼。我和妻子看了,也心疼不已,妻子更是赶紧跑到超市买来晒后修复霜,为女儿采取补救措施。好在女儿不是那种娇生惯养的孩子,不太在乎这些,并且坚持每天写军训日记。这使我们感到分外欣慰,觉得军训的目的达到了。通过军训,女儿也一定会更加坚强。

本来我们在学校附近租有住房,可因为那里没安空调,我决定每天接送她回来。学校、家、单位呈三角形分布,我骑摩托车打表,单程整整 13 公里,一天四个来回就是 52 公里。而单程所用的时间大约在 40 分钟,这样我每天有差不多三个小时是在骑摩托,难怪这几天感到腰酸背疼。更要命的是,由于晚睡早起,我的睡眠严重不足,差不多每天上午都是无精打采的。

为孩子受累,我无怨无悔。

女儿上学如打仗

学校要求,从今天起,在未来的两周内,家长要把孩子的早餐在6:40前送到教室内。因为从今天起,学校在6:10至6:50强化体育训练,以便应对今年中招的体育加试。30分啊,30分有多宝贵每个家长心里都清楚。

虽然我在学校旁边租了房子,租住地离学校只有5分钟的路程,可学校规定,不让学生出校门。这样,我只有送饭到学校。

我从昨天就开始盘算今天的早餐怎么做。原计划热两袋牛奶,买两个茶鸡蛋、六个包子,这样省事。可女儿把包子给否定了。我再次去了趟超市,买了瘦肉丝、长豆角,并在昨晚蒸了米饭,准备今早给她炒米吃。

我是早上5:40起的床,6点钟我开始扒开煤炉。等火上来时,准备工作已经做好了。为了增加营养,我还特意切了胡萝卜和芹菜。瘦肉和长豆角都比较费时,炒这些的时候,同时在液化气上热牛奶。牛奶热好后,又在另一个锅里煎了两个荷包蛋。等这一切做好后,我还得计划着饭菜的热凉。女儿吃饭慢,胃也不好。太热了她吃不完,太凉了怕她的胃受不了,所以等到不热不凉时我才把饭菜装到饭盒内。

女儿是在6:50回到教室内的。可能是新奇,也可能是感动,女儿见到我,抱了我好大一会儿撒起娇来,全然不顾别的家长和同学们的目光,让我也幸福了一把。只是女儿的脸通红,头上冒着热气,让我看了心疼。女儿说,她在操场跑了5圈。

我站在女儿的身边看着她吃饭。即便如此,女儿还是吃了很少一点。两个鸡蛋一个没吃,牛奶没喝完,米饭也没吃几口。她说,吃不下去,再吃就要吐。我没有强求,只交代她半晌里饿了买点面包吃。

让我感到不解的是,今天早上只有很少的家长为孩子送饭,而且大部分是从街上买来的现成的。有很多孩子都是吃的面包,喝的是矿泉水或从家里带来的茶水,还有的孩子在啃苹果。

老师在家长会上就说,给孩子送饭,不仅是一种爱的体现,更重要的是,让孩子感觉到为了同一个目的家长和孩子都在努力。可为什么那么多家长都做不到呢?

离中考还有不到一百天的时间,我曾经对妻子和女儿说,如果可能,我情愿在这些天不写稿件,一心一意照顾女儿。可事实上女儿的课程我什么都不会,只有干着急的份儿,也做不到全身心地扑在女儿身上。但我还是会减少上网的时间,尽可能地去多了解一些中招方面的信息,为女儿提前做好安排。

写给女儿老师的一封信

尊敬的×老师：

您好！

给您写这些文字的时候，我的心情很复杂，甚至犹豫再三，我不知道这些文字会给我和我的女儿带来什么样的后果。反复斟酌之后，我觉得还是说给您，因为您是一个通情达理的人。

昨天晚上吃饭的时候，我发现女儿的情绪反常。我太了解我的女儿了，我能从她的一举一动甚至一个细微的表情或一个不经意的眼神看出她的心理变化。果然，在我的追问下女儿说出了实情。

她说，昨天中午她正在吃饭的时候，一位同学突然找到了她，二话不说拉着她就去了学校，说让她看一个东西。女儿说，她怎么也没想到，她看到的却是一个让她一辈子也无法忘记的场景：班里前 20 名的学生正在实验室做理化生实验！女儿说，那一刻，她感觉您把她以及像她那样的学生给遗忘了。她很伤心，当时就哭了。

明天就要进行理化生实验考试了，学校实验器材少，让学生挤时间多做点实验，这是您负责的表现。可是，您为什么只让前 20 名学生去做实验呢？您考虑过这件事对学生心理的负面影响吗？别的同学我不知道，但这件事对我女儿的打击太大了，她甚至对我说，她连退学的念头都有了，这让我感到恐慌，一种从来没有过的恐慌！再过几十天就要中考了，我真担心孩子会因此而自暴自弃。

我的孩子虽然学习成绩一般，但我一直认为她是一个好孩子。她听家长的话，尊敬老师，团结同学，学习刻苦。每天看她晚睡早起，我都心疼。没有一位家长不希望自己的孩子学习好，我也是，但我更希望拥有一个健全的女儿。我也相信，我的女儿即使上不了好大学，但上个一般的大学还是有可能的。

您可能没有考虑到老师的一言一行对孩子产生的影响。我上高中时，有一次问数学老师一道习题，老师却批评我说："这么简单的题你都不会，自己想去。"然后，她走了。她走后，我很难过。同样一道题，对会的同学来说，是容易的，但对不会的同学来说，就是难的，我如果会了，还问她干什么？从那以后，我再也没有问过数学老师习题。后来，我据此写了篇《差生悲喜录》，在当年的《语文报》头版发了整整一版。再后来，我收到了全国各地千余封学生来信，诉说同样的遭遇和同样的感受。您由此可见老师的一言一行对孩子是何等的重要。

您也是一个有孩子的母亲，也是一位学生家长，我不知道如果这样的事发生在您孩子身上，您会作何感想？学校是一个育人的场所，学生学习的不仅仅是知识，更重要的是如何做人。我狭隘地认为，引导孩子正确做人比学习更重要。您说呢？

我知道您是一个各方面都非常优秀的老师，也非常感谢三年来您对我孩子的关心和照顾。我还相信，您会成为我和我的孩子人生中最为重要的人之一。

希望我的这些琐碎的文字不会影响您的好心情。祝您工作愉快！

写在女儿 18 岁生日之际

今天是女儿的 18 岁生日。女儿小的时候,一直按阳历过生日,因为按阳历过生日最准确。但前些年,妻子信佛后就一直按阴历过了。妻子说,阴历六月十九是观音菩萨的生日,这个日子比较好。

昨晚,我就问女儿,今年的生日怎么过?她说已经和几位同学约好了,和同学一起去唱歌。我说,要不我给你订个酒店房间?女儿说不用。女儿走的时候,我对她说,过了今天,你就是成人了,有些事可以自己做主了。女儿不语。

隐约记得我 18 岁生日的时候,曾经在自己的日记本上豪言壮语了一番。那时的我,因为没了母亲,不得不过早地独立生存,也养成了独立生活的习惯。这是这个年代的孩子缺失的一种技能。遗憾的是,现在的孩子感觉不到这种优越,抑或是习惯了这种优越吧。

已经步入高三的女儿真的长大了,这种长大表现在她最近学习的刻苦上。高一、高二的时候,因为环境的影响,女儿的学习比较散漫,即使我用尽了一切方法也无济于事,即使她做出极端叛逆事情的时候,我也始终没有放弃。我相信这是一个人一生中必须要经历的一个过程,相信随着年龄的增长,女儿会慢慢改变自己的。如今,女儿终于为实现自己的人生目标而开始努力奋斗,这是我感到欣慰的。

看着女儿每天晚睡早起,听着她说头晕,我就心疼不已。但我更明白,这种炼狱般的修炼,在当今应试教育体制下是每一个考生必过的一个坎儿。好在女儿明白这些。

希望今天的女儿是快乐的,更希望女儿在这一年的不快乐中收获成功。

女儿的见义勇为

几天前的一个中午，吃饭的时候，女儿兴冲冲地对我说："爸，我见义勇为了。"

我问女儿是怎么回事，女儿说，课间的时候，她和一位女同学在校门口的小卖部买笔，就在她们付完钱即将离开时，一个社会小青年拦住了她的同学，说借俩钱儿花花。她的同学顿时吓得脸色煞白，不知所措。女儿当然明白是怎么回事，想都没想，飞起一脚狠狠地踢向那个小青年。就在那个小青年还没回过神儿来时，女儿已经拉起同学迅速跑回了校园。

大概是想让我表扬她，女儿讲得眉飞色舞，却不知道我的心早已提到了嗓子眼儿。我没有表扬女儿，也没有批评她，但我对她说："以后遇到这样的事，最好躲开，或者向周围人求救，不能盲目行事。你想过没有，要是这个人当时打你怎么办？要是以后报复你怎么办？"女儿说，当时的情景根本不容她去多想，不过现在想想也挺后怕的。

此后几天，女儿放学的时候，我就在校门口远远地观望着，生怕有个什么闪失。还好，没有什么事情发生。

不是我觉悟不高，而是这个社会太乱。其实，和我一样不觉悟的还有二月河他老人家。记得二月河曾经说过,他的女儿曾经遇到过和我女儿类似的事情,二月河也是这么对他女儿说的。像二月河这样的大人物尚且如此,我等有点私心也就不足为怪了。

我给女儿记日记

女儿出生的时候，我不知中了哪门子邪，突然产生了给她记日记的想法。刚开始的时候，热情高涨，几乎每天都要记点什么，虽然都与她的成长有关，但大多是流水账。诸如她怎么闹人、怎么淘气、生了什么病、花了多少钱、又长了几斤等。后来，日记变成了周记，再后来，周记变成了月记，直至现在变成了不定期地记，但十几年来还在坚持。至今已经有厚厚的一本了。今天，回过头来看，觉得还蛮有趣，今录几篇与大家共赏，还望大家不要见笑。

1991 年 7 月 30 日

今天是农历六月十九，据说是观音菩萨的生日。

上午 10 时整，我的女儿，在她的母亲经历了一天一夜的阵痛后，声音嘹亮地来到了这个世界。女儿给我的第一印象是：胖，黑，不像我想象中那么好看。

从护士的口中我了解到，女儿出生时体重 7.9 斤，健康。

女儿的出生地是南阳地区人民医院（今中心医院）。

1991年8月30日

今天给女儿打预防针时顺便称了她的体重:10.5斤。一算,吓了一跳,这丫头一天差不多长一两肉啊,难怪她的"饭量"大得惊人。不过,她越来越会闹人了,白天吃了睡,睡了吃,还不下怀,一放到床上就狼嚎一般,晚上特精神,折腾得父母筋疲力尽。

1992年6月26日

今天,惊喜地发现,女儿会喊爸妈了。虽然还不太清晰,但那种惊喜,是不当父母的人所不能体会得到的。更让我们惊喜的是,女儿还能一摇三晃地走路了。希望女儿能从今天开始,走好她人生的每一步路。

1992年12月31日

今天,女儿干了两件坏事。早上刚起床,便嚷嚷着要下来,我们一不留神,她端起尿盆便往面盆里倒,白白损失了一盆发好的面;不久,又趁我们不注意把一团毛线扔进了炉火内烧烤,等我们发现时毛线已面目全非。此外还摔了一个玻璃茶杯,还挺神气,仿佛做了一件了不起的事情。

1998年3月7日

今天,女儿开始换牙。中午吃饭的时候,她下边的一颗牙突然掉了,她先是害怕,后是惊奇和兴奋,好像换牙也象征着自己的长大。

1998年3月31日

晚上睡觉时,女儿突然对她妈妈说:"我一个人睡,好可怜啊。"她妈妈给她讲了道理,她仍然不情愿。我们还没睡下,她在隔壁唱起了“世上只有妈妈好,没妈的孩子像根草”的歌,弄得我们心里酸酸的。这个小精灵,明明想跟妈妈睡,又怕妈妈不依,便想起了这个绝招。结果当然是如愿以偿了。

随后,我让她用“日”字组词,很快她便说出了“日历”“日月”“星期日”等几个词。我让她以“春天”为主题说一段话,她是这么说的:春天到了,柳树发芽了,花儿露出了笑脸,蔚蓝的天空上,飘着朵朵白云,溪水变清了,一眼便能望到底,一只青蛙从洞里出来,欢快地唱着歌,蝴蝶也愉快地跳起了舞,鸭子在水里游来游去。啊,春天到了。

我和她妈妈很是诧异,话里的许多词句,我们都没有教过她,她是怎么学会的?问她,她说,是从电视里和课本上学的,就用上了。她妈妈说,她身上遗传了我的文学细胞,把我美得不行。

……

给女儿记的日记,当然还有很多,限于篇幅,这里只是摘录其中的几篇。在这本日记里,还有许多有关她生活的点点滴滴,比如说她什么时候发表了第一篇作品,她什么时候因为某件事受到了表扬或批评,她什么时候上的舞蹈班,她参加过什么比赛等。除此之外,还有我们家庭的种种变故,比如我们什么时候搬进了新房子,父母的工作变动,她曾经的保姆是如何照料她的,对她影响比较大的人和事等,我都一一记录在案。

这本日记,是女儿的成长记录,也是我们家的家庭档案。我想,等她长大看到这些文字的时候,她会明白父母的良苦用心的。

别样的家长会

身为家长，由于工作繁忙，在女儿上小学的六年中，我很少参加她的家长会。前不久，女儿所在的二十二中召开家长会，她点名让我参加，还神秘兮兮地说有礼物送给我。我本想推辞，但拗不过女儿，只好答应了她，可心里发怵，女儿这次考得不好，八成要挨老师的批了。

走进一(7)班教室，坐在女儿的座位上，仿佛一下子回到了我的学生时代。不同的是，教学条件发生了翻天覆地的变化，崭新的桌椅，大屏幕彩电，所有这些都是我上中学时想都想不到的。正感慨间，几位学生走上了讲台，宣布这次家长会由他们主持。

学生主持召开家长会，这事儿挺新鲜。在我的想象中，开家长会就是家长坐在讲台下，听台上一脸严肃的老师训话，而我也早做好了思想准备。然而，让我万万没有想到的是，首先开始的是孩子们的才艺展示。几位学生或弹吉他，或拉手风琴，或拉小提琴，大大方方地为台下的家长们奉献了一场精彩的文艺表演。

正在家长们陶醉于学生们的精彩表演并为之鼓掌时，几位小主持人说，每位学生都给家长准备了一份特殊的礼物——写给家长的一封信。因为事先老师没让学生给家长说，许多家长迫不及待地打开了信。又一个意想不到的情景出现了,不少家长看完信,眼泪不自觉地流了下来,更有家长失声痛哭。这些孩子究竟给家长写了什么,我无从知晓,但看了女儿写给我的信后,我鼻子一酸,豆大的泪珠还是淌了下来。女儿给我的信(未作任何改动)是这样写的:

亲爱的爸爸:

您好!

在这一段的学习中,我明显感到了学习成绩的下降,是从天上重重地摔到了地下!虽然我还没有找到原因,但我心里真的很难过。

你说,我早上也起得挺早,都不知学的啥?!我知道,你心里除了难受还有气愤和失望。但是,爸爸,您知道吗?成绩下滑给我带来的压力,同学们的冷嘲热讽,老师句句犀利的语句,都无形中给我加上了重重的砝码。

心痛得无法呼吸/找不到成功留下的痕迹/装作漠不关心它/怪自己没有勇气/我要控制我自己/不会让谁看见我哭泣/任成功消失在世界的尽头/我却依旧笑容灿烂/为的是掩盖泪水/烘干哭过的眼角/为的是给自己一点勇气/为成功背水一战/为的是父母那双慈爱的双眸/还有那双写满爱意的粗糙的大手/我笑/如夏花般灿烂

这是我的诗,当然也是我的心情。我的天空阴云密布,只有名字中的"晴"字温暖和照亮我的心灵。写到这儿,我得承认,我是跟您一样悲观的人,我甚至想到过死,死了,什么都解脱了,我也可以好好地休息了。

我很害怕你,真的,有时候很吓人,得好好改改。

女儿徐晴

我无法描述看完信后是怎样一种迷乱的心情。在我的心里，女儿一直是一个长不大的孩子，让我想不到的是，她有了自己的思想，长大了。但不管怎么说，作为家长，能够看到孩子说出自己的心里话，我还是十分高兴和感激的。同时，我必须得承认，在教育女儿的问题上，我并不是一个成功者，身为父亲，我并不知道13岁的女儿真正需要的是什么。这让我很尴尬，也很不安。长期以来，我一直认为，只要在生活上给予她足够的关心就行了，其实这是所有家长的错。还有，总觉得孩子是自己的，想怎么样就怎么样，在言语和行动中不知不觉就伤害了她。我真得像女儿说的那样好好改改了。

就在写下这些文字的时候，我的心里仍有一种说不出的酸楚。我上学时，和父母之间的代沟阻隔了与他们的沟通，而今这种悲剧竟又在我和女儿身上重演，这不能不引起我的深思。庆幸的是，女儿的老师别出心裁地给了我们一个与孩子心灵沟通的机会，使更多家长及时了解到孩子的所思所想。

回家后，女儿问我家长会的内容，我说这是一场丰富多彩的文艺晚会，也是爸爸受教育最深的一次家长会。

今晚的我是幸福的

这样的日子，这样的夜晚，写这样的文字，起码今晚的我是幸福的。

今天是父亲节。对于这样的洋节，我一向是不在意的，而且有抵触的情绪。可女儿在意。早在几天前，她就问我喜欢什么。我知道她是准备给我买礼物，所以我明确表示，没有我喜欢的。事实上，这些年，除了香烟，已没有任何东西对我有吸引力了。当然，不想让她花不必要的钱也是一个重要的原因。

女儿今天去独山白河书院参加《弟子规》论坛去了，一天的时间。中午，她发短信给我，说礼物在报社家里阳台的桌子上放着，让我看看。我回短信说，我在白河南的家里，晚上看，并顺手在短信的末尾说了句“谢谢”。事实上，我是一个极不习惯在亲人面前说谢谢的，不习惯的原因是，我认为无论是我给女儿做什么，还是女儿给我做什么，都是应该的，没必要那么客套。说“谢谢”，是给那些有点距离的人听的。

晚上，女儿拿给我礼物时，说她已经做好了挨嚷的准备。打开手提袋，一个用柔软的丝绸包装的方盒内装着一条漂亮的领带。旁边还有大统的发票。在我的眼里，大统根本就不是普通老百姓消费的场所，那里的东西，除副食外，只能用一个“贵”字来形容。果然，发票上出现了我不愿看到的数字。

我没有嚷女儿，但我告诉她，这么多年，我已不习惯打领带了，也不会打领带。女儿说，她知道我不会打领带，所以特意让营业员帮忙打好了，我直接系上就行。我还能说什么呢？无论怎样，都是女儿的一片心意。

相对于领带而言，更让我感到欣慰的是女儿给我的留言。女儿说，她掏钱买的时候，也觉得贵，但还是买了。之所以下决心买这条领带，是因为两年前我参加一个公务活动，需要系领带，因家里没有合适的领带，借了别人的才匆忙成行。这个场景刺痛了女儿的心，也就是从那天起，她决定有钱的时候先给我买条领带，而且一定要买条高级的，便宜的不买。

我不知道在女儿的眼里什么样的领带才算高级的，也许在她看来贵的就是好的吧。也正因如此，她跑了很多条街的很多商场，最后才选择了这条她认为高级的领带。

女儿在留言中说：“别说我买亏了，我对比了不少；别说用不上，爸这辈子，肯定还有重大活动能用上这条领带；别说咱家里穷，我就买这一次奢侈品，就想让爸金光闪闪地出现在粉丝们面前……所有一切，只为博得爸爸一笑，只要爸心里美，女儿都会竭力而为之。”

其实，我心里清楚，在90后这代人中，女儿还算是懂事的一个。这几年，她从不和父母顶嘴，也从不乱花家里的一分钱。一杯倒好的开水，一个削好的苹果，父母生病后的丝丝焦虑，这些也许她认为极其细微的事，无不让我感到舒心。

虽然已经过了注重衣帽的年龄，但我想，总有一天我会系上女儿给我买的领带，精神焕发地出现在别人面前。

女儿，其实我想你

两个多月了。这几十天里,有很多次我都想提笔写写与女儿离别后的感受,但我始终没有勇气动笔。对我来说,这是一种痛,一种没有亲身经历体会不到的痛,虽然这种痛伴随着些许的甜蜜。

和同事闲聊的时候,每次聊到女儿,几乎每一个人都会问到同一个问题:想你家闺女了没有?每当这个时候,我都会淡淡地说一句:偶尔吧,忙得顾不上想她。但转过身去,我的心便会发起酸来。

怎么会不想她呢?女儿是我生命的全部,早已融入了我身体里的每一根神经。而今的分离,仿佛活生生被人撕去了一块肌肤,彻骨地痛。

从小学到高中毕业,整整十年,除去高一、高二住校这两年,几乎每一天我都与女儿朝夕相伴。初中时的一日三餐,高中时每晚10点的准时接送,不仅成了我生活中的一个习惯,也成了我对女儿的一种依赖。而今,女儿一下子不在身边了,我的心也空了。

习惯了每个夜晚女儿在她的房间学习,我在书房码字,彼此陪伴。而今,很多漆黑而又漫长的夜晚,当我一个人坐在偌大的书房,孤寂地面对冰冷的电脑,这种思念之痛便不期而至。

脑子中总有影像时不时地蹦出来，那是我和妻子 9 月 4 日在成都理工大学门口与女儿分别时她渐行渐远的身影。那一刻，我知道，无论是我，还是妻子，还是女儿，谁都不忍。

我得承认，有时的我是脆弱的。那天下午 6 点，当列车缓缓驶离成都东站时，妻子终于忍不住嘤嘤地哭了起来。睡在上铺的我，则用被子蒙住了头任眼泪横流。我们谁也没有劝谁，这时的互劝是多余的。女儿是我的命脉，何尝不是妻子的命脉？

我们走了，但我们把心留在了成都，留在了成都理工大学。

回到家，我们不约而同地来到了女儿的房间。书桌上的书本依旧，床上的凌乱依旧，空气里甚至还留有女儿的气息，我们相视无语，谁也没有心思去收拾打理。而随后的几十天里，有很多次我都会不由自主地到女儿的房间看看，在女儿的书桌前静静地坐一会儿。每每此时，女儿埋头灯下的身影就会在我眼前浮现。而我，多想再一次蹑手蹑脚地在她桌上放一个鸡蛋、一杯牛奶，抑或是一个削好的苹果。

曾经给女儿说过，我们这个家，只有我们三个人在一起时才是一个完整的家，才是幸福的。而今，我必须得面对这个对我来说有点残酷的现实，并且适应这个残酷的现实。女儿有她自己的理想，有她自己的事业，将来还会有一个属于她自己的家。早晚有一天，她会离开我们，只不过这样的离开似乎有点早，早得让我和妻子有点措手不及。

应该感谢这个高科技时代，有了手机和电脑。每天，我们可以通过手机或者电脑了解一下彼此的生活。女儿当了班干部，进了学生会，成了校报记者，她的每一个进步，都会给我繁忙苦闷的生活增添一丝喜悦。

女儿，希望你在紧张的学习中注意身体，吃好睡好玩好，别让自己那么累。只有你好了，爸妈才好。

第三辑　人生感悟

一个乡下人的土话

屈指算来，我已在这座小城生活了 14 个年头。14 年来，通过我的不懈努力，不仅取得了这座城市的永久居住户口，购置了一套不算太小的住房，而且谋到了一份还有人羡慕的编辑工作，还娶了妻生了子，可在我骨子深处，却总不认为自己就是城里人。

在我们家庭里，在我之前，还没有谁在这座城市里生活过。我年迈的父亲至今还在乡下居住，而父亲居住的地方才是我真正的家。虽然我也和城里人一样穿着笔挺的西服，打着漂亮的领带，出入灯红酒绿的歌厅、饭店，可在我的血脉里，却始终流淌着乡村小溪般的血液。我习惯于吃小时候吃惯了的芝麻叶面条，说小时候说惯了的家乡土话，写像乡下父老乡亲一样朴实的文字。就连我的名字，也土得掉渣，带着家乡的烙印——“徐庄”是我们村庄的名字。

我的亲戚朋友多半生活在农村。农忙的时候，我和进城务工的农民一样，总要抽出几天的空闲回去打理一下农活，给棉花掰个杈，给苞谷施点肥。在麦收的时候，和他们一样挥舞着镰刀收获一季的喜悦。

总有亲戚朋友骑着自行车给我带来芝麻、绿豆、豇豆之类的五谷杂粮，偶尔也会手拎一两只不下蛋的母鸡。我会笑着收下，因为只有这样他们才会高兴。而招待他们，不像招待城里人那样南来北往地去买野菜和其他精细蔬菜，这些东西我的乡下亲戚一年四季都在吃，怕是吃腻了。我会跑到楼下的菜市场里买上两斤卤肉，提两瓶光肚玉液，和他们一起吃大块的肉喝大碗的酒，说不能和城里人说的乡村粗话。然后，在他们离去的时候，装上几瓶饮料或白酒，还有我淘汰的服装，把他们的蛇皮袋塞满，扶着摇摇晃晃打着酒嗝的他们下楼。这是真正的乡下人的交往。

在铁笼般的楼宇里，我少有人交流，只能站在自家的阳台上，遥望悠长的鸽哨从天空划过。而这时候，我总怀念乡下秋收后的雁鸣，那才是真正的合唱，还有我童年的梦想。我含泪坐在写字台前，用颤抖的手写道：亲爱的爸爸，今年的收成好吗？种下的玉米是否发芽？是不是该除草了？……这是我的家书，不需要任何词汇修饰的家书。

我是乡下人，物化了的城市改变不了我的真诚和善良。我善待身边的每一个人和每一件事，谁对我好，谁帮了我，我会一一铭记在心，感激一辈子，而我去帮谁并不图回报也不会计较什么。我感谢生活给予我的酸甜苦辣，也满足日子的平平淡淡，因为我是乡下人。

倚老卖老

相信很多人都经历过或听说过这样的事：

十字路口，你正在正常行走，冷不防就有闯红灯的老人过来，弄得你措手不及，虽有惊无险，但也吓得不轻。

开车走在大街上，前面有老人在“闲庭信步”，你按喇叭，轻者不理不睬，重者遭一顿臭骂，你只能不紧不慢地跟在后面。

在超市购物或排队看病，突然就有老人加塞进去，你若表现出不满，他的眼珠子瞪得比你还大。

无论是公园还是街头，哪怕是干净整洁的公共场所，总会有老人熟视无睹地吐出一口浓痰，随手乱丢垃圾。

早晨正在睡舒服觉，突然就被楼下的吵闹声惊醒，愤愤地推窗一看，原来是晨练的老人在“练嗓子”。

夫妇俩手牵手在美丽的白河边散步，走着走着却发现前面有裸泳的老人在“展示”自己的身体，更有甚者还旁若无人地在路边方便，好心情一下子没有了。

凡是有房屋拆迁的地方，就会有老人搬着小凳子，或坐在自家的大门前，或爬到房顶上，摆出一副不达目的誓不罢休的样子，让工作人员奈何不得。

公交车上，上来一位老人，司机让投币，老人理直气壮地说："你没看见我这么大岁数了吗？"让出示老年证，一句"我忘了"打发你，逼得急了，他会说你不尊重老人；他走到你身边，你赶紧让座，老人心安理得地坐下，却没有对你说声"谢谢"。

还有，经常有老人手持老年证抱着小孙子从始发站坐到终点站，而且一坐一大晌，把公交车当成了自家的游乐场；甚至还看到过老人和孕妇争抢座位的现象……

如此种种，让我想到了两个词：老不自重，倚老卖老。

"倚老卖老"是个成语，我查了词典和相关资料，出自元代无名氏的《谢金吾》第一折，看来这种现象自古有之。

这实在是一个我不想说而不说又憋得慌的话题。因为自古以来，我们就是一个有着尊老爱幼传统美德的民族。更何况我家也有老人，我也有变老的那一天。可我总在想，年老能成为某些老年人不文明行为的借口吗？我们的确应该给予老年人特殊的关爱和宽容，但我们的宽容会不会助长某些老年人的不文明行为？我们对他们的一些善意批评，难道不也是一种爱护老年人的表现吗？

老年人不能"老气横秋"，如果不及时更新观念、创新思维，注入新知识、新观念，像阿Q一样重复"昨天的故事"，追忆昔日的辉煌，一味"老牛拉破车"，难保不"未老先衰"，被社会淘汰。

社会在发展，人类在进步。而今，我们即将步入老龄化社会，人类整体素质的提升，不再仅仅是年轻人的事了。大家尊重老年人的同时，老年人也应该自重，如此才更有利于和谐社会的构建。

附录：

一点解释

《倚老卖老》一文发表后引发的争论是我始料未及的。

这篇短文发表后，我接到了很多读者的电话和来信，有称赞的，有对文中的观点提出质疑的。我七十多岁的老父亲还专门给我打了二十几分钟的电话，在表示理解的同时给予了善意的批评。

我给父亲做了解释。这篇文章中所列的老年人的种种不文明行为，绝大多数是我亲身经历的，因此我有理由相信这是真实的客观存在。这点也得到了绝大多数读者的认可、理解和支持。

坦诚地说，我对老年人没有任何的偏见，生活中的我也是一个极尊重老年人的人。在写这篇文章的时候，我曾犹豫了很久。之所以最终写了出来，是因为我觉得不纵容某些老年人身上的陋习也是对他们的尊重。即使在写的时候，我也不停地告诫自己，这些不文明的行为只是发生在极少数老年人身上，因此我谨慎地用了“某些”这个字眼，为的是让读者不至于产生以偏概全的歧义。但不少读者尤其是老年读者还是误会了，把“某些”理解成了“全部”。这实在是一件遗憾的事。

老年人永远是社会上一个值得尊重的群体，他们为国家、为社会、为家庭付出了太多的心血，做出了极大的贡献。他们身上有着很多年轻人没有的丰富的人生阅历，有很多值得年轻人学习的东西，这是他们奉献给社会的一笔巨大的宝贵财富。我写这篇文章，绝没有诋毁他们的意思，只是想给他们，给那些身上有陋习的极少数老年人提个醒，让他们为年轻人做个榜样。如此而已。

最美莫过夕阳红。不是所有的老年人都是那样的，这是我又一次强调的。

重阳节到了，这是老年人的节日，真诚地祝愿天下所有的老人平安、健康、幸福、长寿！

赢了又怎样

先给你讲一个真实的故事。

有一个女孩，和一个她深爱的男孩已经谈了三年的恋爱，并计划元旦结婚。三年来，男孩处处让着她，顺着她，让她觉得很幸福。可就在结婚前夕，他们因为一件很小的事情发生了争执。

那天，他们在一家商场选购结婚用品。在给男孩挑选衣服时，他们有了分歧，女孩看中的那件男孩不喜欢，争来争去始终统一不了意见。女孩很生气，因为在此之前男孩总是依着她的。一气之下，女孩扭头就走。在商场里，她希望男孩能够拉住她，那样她就不走了。可是男孩没有。走到大门口，她回头看了一眼，发现男孩在后面跟着。这时她想，如果男孩能够拉住她，她就依了男孩。可是男孩没有。出了门，一辆出租车停在了她的面前，她顺势坐了进去，这时她想，如果男孩拦住出租车，她就跟他一起回去。可是男孩没有。坐在出租车上，她漫无目的地转着，这时的她多么希望男孩能够打个电话，央求她回去，如果那样她就马上回去。可是男孩没有。结果，赌气的她转到飞机场时坐上了飞往深圳的飞机。深圳有她和他共同的同学，这一去便是一年。

那年元旦，他们的婚礼取消了。

她在深圳的这一年中，男孩也曾给她打过电话，但好强的她就是不接男孩的电话。她想，如果男孩真的爱她，会到深圳找她的，因为他知道她会去深圳找哪个同学。她总是想，男孩婚前就这样任性，结了婚还会依她吗？她不能输给男孩。她等待着奇迹出现。

这一年，男孩没来找她。因为没有了男孩，这一年女孩很不快乐。

直到有一天，女孩参加了一个研讨会的心理辅导课后，终于认识到了自己的错误。课程结束后，女孩在第一时间拨通了男孩的电话。在电话里，女孩泣不成声地对男孩说："对不起，我错了，我总觉得任性的是你，可事实上任性的是我。我不该那样任性，我总想赢你，可没有了你，我赢了又怎么样呢？这一年，我过得很不快乐……"电话里，男孩沉默了很久，说："我终于等到了你这句话……"

第二天，男孩带着999朵玫瑰来到了深圳，见到女孩，他单膝跪地，重新求婚。他流着泪对女孩说："让我们重新开始，嫁给我吧……"

第二年的元旦他们结婚了，婚后的日子，男孩女孩从没有吵过嘴，他们过得很幸福。

写到这里，我忽然想到了一则寓言故事：有一天，风和太阳在争论谁的威力大。风说："当然是我，你看下面那位穿着外套的老人，我打赌可以比你更快把他的外套脱下来。"说着，风便用力对着老人吹，希望把老人的外套吹下来，但它越吹，老人把外套裹得越紧。后来，太阳从云的后面走出来，阳光暖洋洋地照在老人身上。没多久，老人便把外套脱了下来。太阳对风说："温和友善永远强过激烈狂暴。"

是啊，生活中难免有磕磕碰碰。在家里，为了一些鸡毛蒜皮的事，为了所谓的自尊和脸面，夫妻双方撕破脸皮，互不相让，对骂甚至大打出手，为的就是争个高低。可是你赢了又能怎么样呢？即使你赢了，你得到快乐了吗？你幸福了吗？生意场上，为了竞争，为了打败对方，竞相压价，互相残杀，即使没有一点利润也在所不惜。你赢了，可是没有赚到利润,你赢了又能怎么样呢?有些人一味地追求所谓的事业、追求功名利禄,而忽略了亲情和友情,忽略了他们应有的幸福和快乐,表面上看你赢了,但赢了又能怎么样呢?

很多人经常把宽容挂在嘴边,却没有弄懂它的真正含义,在给别人扔火球的同时也烧掉了属于自己的快乐和幸福。真正的赢,是对自我的一种超越,而不是建立在别人的痛苦之上。

天天吃肉，天天幸福

天天吃肉,天天幸福。这话似乎有点荒谬。照我这么说,按眼下的条件,天底下不知道该有多少幸福的人。别急,你听我慢慢说。

昨晚,吃完晚饭,我在万德隆南纺店给一位营业员换班。其间遇到了南纺集团的一位退休职工,大概有七十岁了吧。聊着聊着,我们就聊到了万德隆,聊到了万德隆的老总王献忠。老人问:“万德隆现在有多少店了?”我说:“大概二三十家吧。”老人又问:“也不知道人家有多少工人(老人的习惯说法,其实现在都说员工了)。”我说:“三千多人吧。”老人说:“恁大规模啊!那人家老板肯定有钱了,那还不天天吃肉?”我笑了,有一种酸酸的感觉在里面。我说:“那也不一定,天天吃肉就不香了。”老人“哦”了一声,似乎若有所思。

老人走后,我把我与老人的对话说给我的员工听。员工们笑个不止,说老人没见过世面,而我却无论如何也笑不出来了。

这一定是一个过过苦日子的老人,或者他现在生活仍然窘迫,或者他至今仍保留着勤俭持家的好习惯。因为从他的话中可以看出,他一定不会天天吃肉,否则就不会说出那样的话了。老人把幸福理解为天天吃肉,幼稚吗?未必。或许这是一种大智若愚。

想起了我小时候。有一次吃饭的时候，妈问我："儿啊，你长大了最大的愿望是啥？"望着手里的窝窝头，我几乎想也没想就说："天天吃白馍！"那时候，能够天天吃白馍是我觉得最幸福的事。妈没说什么，但很开心地笑了。她的笑至今还温暖着我的记忆。

虽然妈没有看到，但我的确很多年前就实现了这个愿望。实现了这个愿望，我幸福了吗？说老实话，没有，因为我看到有人天天早上喝羊肉汤，天天吃肉。而那些年，我正在一分钱一分钱地积攒着买房钱。如今，工作稳定了，还有了自己的生意，房子也由小到大，天天吃肉了，可我还是觉得自己不幸福。因为我还没有车，还没有更多的存款。

老人的话似乎扇了我一记耳光。我似乎听到老人在说："你天天吃肉，还不幸福吗？"是啊，我天天吃肉，没有理由不幸福。

原来幸福如此简单。

生日感言

今天是农历二月初八，是我37岁生日。到了这个年纪，相信很多人会和我一样对生日不会有什么欣喜的，更不会在意有一个什么形式，甚或会忘了这个日子，往年我就很多次地忘记了这个日子。只是今年不同，这可能与临近清明节有关。这是一个忧伤的节日，这个节日让我不由自主地想起逝去的亲人，想起我的母亲，想起母亲也就想起了我的生日。

我一直认为，没有理由让别人为自己过生日，即使过，祝福也应该送给母亲，因为是母亲给了我生命。

很早的时候，我就听父亲讲过，母亲生我的时候，因为有心脏病差点儿丢了性命。她是把生我当作一场战役来打的。我想象不出母亲是凭着一种怎样的毅力走过来的，但我能想象出她因我而忍受的巨大痛苦。父亲说，为庆贺这个胜利，他给我起名“道胜”，并希望我在以后的人生道路上也能取得胜利。

我还隐约记得母亲曾经给我讲过，小时候因为家里穷，弟兄多，我差点被送了人。当时，在我家山南边一个叫前荒还是刘家荒的村庄，有一户比较富有的人家因为没有儿子想收养我，请人多次来我家做我父母亲的思想工作。就在父亲几乎要答应的时候,母亲忽然得知这户人家的男主人是一个瘸子。这下母亲说什么也不同意了,她怕因此而影响我以后的成长。

为这件事,我心里不舒服了很多天,甚至在心里责怪父母为什么会有这样的想法。真正理解父母的良苦用心是在我做了父亲之后。我相信,天底下没有父母会心甘情愿地把自己的儿女毫无理由地送给别人的。父母当初之所以有那样的想法,也是为了我能更好地生活,也是被逼无奈。

我还是应该感谢母亲的。她的这一决定给了我一个完整的家,让我的人生少了一个遗憾。虽然在我和母亲共同生活的十六年中,母亲并未在物质上给予我多少,但她给予我的爱足够我回味一生。

记忆中每年的生日都是母亲给我过的,哪怕日子再穷,她也会给我煮两个鸡蛋。过生日为什么要和鸡蛋联系在一起,我特意问了父亲。父亲说,也没有什么特殊的含义,大概是那时候日子穷,没有什么好吃的,就煮两个鸡蛋。至于说吃两个鸡蛋压灾,则纯粹是无稽之谈。

那时的鸡蛋是主贵之物,一家的柴米油盐全靠它了。别说我们,就是体弱多病的父母平时也是不舍得吃鸡蛋的。记不清是哪一年了,在我生日的前几天,母亲就对我说,等我过生日了给我煮两个鸡蛋。于是,我每天放学后的第一件事就是趴到鸡窝前看看鸡下蛋没有。那时好像也没几只鸡,也不是每天都下蛋的。还好在我生日那天,我终于看到了两个让我垂涎的鸡蛋。我兴奋地拿着这两个鸡蛋给母亲,可就在这时意想不到的事情发生了。可能是兴奋,也可能是不小心,这两个鸡蛋竟然掉在地上摔碎了。母亲知道后,没有埋怨我,但却对我说:“你今年的这个生日算是过过了。”就这样,我自己打碎了生日吃鸡蛋的梦想。

而今,鸡蛋成了生活中的平常物,我和家人甚至讨厌吃鸡蛋,但过生日吃鸡蛋这个习惯我一直保持至今。现在,每当妻子和女儿过生日，即使有再多的菜肴，我都不忘煮几个鸡蛋。

结婚后，很多的生日都是妻子给我张罗着过的。但前些年由于日子拮据，也仅仅是在生日当天改善一下生活而已。最近这几年，因为忙生意，妻子大多都会忘了我的生日。倒是逐渐长大的女儿每年都会记起我的生日，在我生日的当天，送我一张她亲手制作的贺卡。女儿说，她现在不会挣钱，只能用这种方式来表达她的心意。但我觉得，这是最贵重的生日礼物。

今年的生日，我不知道怎么过。我想用一整天的时间静静地回想母亲对我的好。但无论怎样，因为父亲生病在住院，我都不会有一个好心情。

对了，今天是释迦牟尼的出道之日。我不知道，这是不是我与佛祖一种潜在的缘分。

还有，今天下午，妻子给我打电话说，她今天给我买了100元的鸟放生，以此祈求我的平安。还说，怕我反对，所以自己做了主。我很长时间无语。

怀旧与梦想

好像是从我上高中的时候起,我发现父亲爱怀旧。那时,只要和他在一起,无论是吃饭时还是睡觉前,他都会饶有兴致地给我讲一段有关我们家庭或者有关他自己的革命历史。这些故事,上至我爷爷那一代,下至我们的今天。时间长了,其中的许多细节,只要他开个头,我就能说出下半部分,但更多的时候我并不去打断他,而是装作虔诚地洗耳恭听。但说实在的,我并不喜欢父亲的这种啰里啰唆,偶尔也会拿出一句时代不同了的话顶撞父亲。这时候,父亲也不生气,依旧埋头继续讲。

参加工作后,回去的次数少了,偶尔回去一趟,父亲依旧会拿出他的老皇历,如数家珍地给我重复讲他讲了无数遍的故事。更要命的是,有时我正在上班或休息,父亲忽然想起了过去的某一件事,便打来电话向我诉说,让我心生烦意。

很不幸,今天的我在不知不觉中竟然重蹈父亲的旧辙。在和女儿一起的时候,我会不由自主地想起过去的某一件事,然后毫无由头地说给女儿,只不过故事里的主角由我替代了父亲。很多时候,女儿会像先前的我那样认真地听讲,然后说一句这些事她已经听过了,然后冲我狡黠地笑笑。

我不知道这是不是一个人衰老的标志。

终于有一天，在我重复讲了过去的某一个故事后女儿对我说：“爸，人不能忘记历史，但也不能总沉溺于过去的痛苦或光荣中，毕竟时代不同了，不能一味用过去的老眼光去看问题，否则，会被束缚手脚的。今天的我们和过去的你们不一样，与你们那一代相比，我们更爱幻想将来，我们有我们的理想和抱负，我会为我的梦想付出努力，请相信我将来的生活会更好。”

听到女儿的这些话，我好久未能说出话来。仔细揣摩，女儿的话不无道理。

文学死了？

前些日子看到一则旧闻，说诗人叶匡政称“文学死了”，引发了不少争议。当初看到这个标题，我就把这篇文章裁了下来，但没敢细看，我怕这对我是一个打击。毕竟我也是半拉子文人，说“文学死了”，岂不是当众扇了我一个耳光？

可仔细揣摩，这话说得似乎有点道理。

屈指算来，自己从事文学创作已有21年的历史，这其中有十几年处于狂热年代。那时候自己的第一个理想就是当作家，然后是做记者。为此，没少呕心沥血。记得那时候吃饭睡觉都在构思文章，半夜里爬起来写文章更是常事。身边也不乏这样的人，同学崔鹤就是一例。上高中时，他为了所谓的体验生活，说服家人把家里的牛卖了，自己一个人跑到了老山前线。即便这样，崔鹤也没有成为人们期待中的小说家，还好最后成了人们偶尔还能记起的诗人。在我的眼里，崔鹤是一个有个性的诗人，包括他的人和他的诗。我一直认为他会一直在诗歌这条路上走下去的，然而，就是这个连狗叫都能写成诗的人，除了偶尔在他的博客上以诗歌的形式发泄内心的不满和牢骚，我看不到更多的让我感动的东西。这个社会，金钱和美女是两大诱惑，这个家伙，八成也被诱惑了。“梅溪路上的一棵树”,最终还是倒下了。

很怀念原先我们在一起的时光,那时为了一个观点甚至一个词语我们会争得脸红脖子粗的。我不知道,十几年后的今天如果我们再见面,还能谈论些什么?

身边还有两位作家,都是青年作家,一个写散文,一个写小说,前不久也听说他们创作转向了,鼓捣电视剧本去了。按说写剧本也是文学,但我总觉得剧本和纯正的散文和小说是不能相提并论的。我问他们为什么,他们说得倒很坦然:电视剧本挣钱啊!

当文学编辑也多年了。前些年,接到的纯文学作品远远多于非纯文学作品,而今正好颠倒了。这就是市场。纯文学作品,也仅仅是限于搞纯文学的那部分人阅读,更多的人只是把读生活感悟和故事类的文章作为一种消遣。报纸要跟着市场走,否则报纸就会失去市场,这实在是一种遗憾。

不过,我还是坚信:只要搞文学的人还活着,文学就不会死。

智人智语

昨晚在银都建国酒店与万德隆老板王献忠一起就餐，其间快人快语的王献忠说的很多话让我很受启发。

在我的眼里，王献忠是一个智者和勇者。18 岁时，他怀揣母亲东拼西凑借来的 800 元钱北上寻梦，一路颠簸来到南阳，从南阳人看不到眼里的微小生意做起。经过 20 年的摸爬滚打，如今已拥有 28 家连锁超市、两家洗浴中心、一家酒店，成了南阳商界特别是零售业中的“巨无霸”。

我们谈得最多的话题是当今人们的生存心态。这可以用两个字来概括：浮躁。

王献忠说，其实人们完全没必要这样，幸福与不幸福，关键在于个人的心态。他指着桌上的菜肴说，一盘几百元的鱼翅和一盘几元钱的白菜，在有些人眼里是两种生活，可在我的眼里，它们就是一盘菜，是用来填饱肚子的。奥迪车和其他车也只是品牌之别，自己开车和乘出租车都一样快捷。生活的方式有很多种，但目的都是为了舒心和开心。心情好，日子便好。

王献忠说，他的这种平常心与他的一次经历有关。几年前，他在广州与一位台商谈心。其间台商建议两人都闭目十分钟,回忆各自的往事,然后说说各自都想的什么。他想得最多的是自己创业的艰辛和不易,台商想到的却是结婚生子的幸福和赚钱的快乐。台商说,无论你想痛苦的事还是高兴的事,日子都要过,何必去想那些不快乐的事呢?也就是从那天起,王献忠告诫自己,一定要开心过好每一天。

此后,每当他感到郁闷的时候,他都会想到那位台商的话,都会用手按住自己的胸脯说:“我现在很幸福,我要快乐。”

知足常乐,每个人都懂,但未必每个人都能做到。谁做到了,谁就幸福。

找个能说话的人真难

人都是有倾诉欲望的,尤其是当你有了烦恼的时候。可是,在人人都忙着挣钱的今天,要想找到一个真正能说得来的人并不容易。

想起了二月河《康熙大帝》中的康熙。康熙拥有后宫粉黛三千,但他最喜欢的人是容妃。这倒不是因为容妃比别的妃子漂亮,而是因为容妃善解人意,乐于当康熙的听众。用康熙自己的话说就是,朕就想和她说说话。后来,康熙不得已废了容妃,也废掉了自己的幸福——他身边连个能说话的人都没有了。这也是康熙为什么总在郁闷的时候来到容妃宫前的原因。一个能呼风唤雨的千古大帝,身边竟然找不到一个能说话的人,这真是一种悲哀。

想起了王志文。在《艺术人生》节目中,朱军曾问王志文这样一个很私人化的问题:你都是 40 岁的人了,为什么还不结婚?王志文说,没有遇到合适的。朱军问,什么样的人才算合适的?王志文说,就是随时随地能说话的人。朱军笑了,说,这不容易吗?王志文说,不容易啊,比如你半夜里忽然想对她说点什么,她会不耐烦地问你几点了,明天说不行吗?然后给你一个冰冷的脊背,那是一种什么样的心情啊。

想起了美国的一个富翁。一次,富翁喝醉了酒倒在了街头。警察想把他送回家,于是问他住在哪里,他说住在某某处。警察愣了,那是一个富人区,一个富翁怎么会倒在街头呢?就在警察准备把他扶上车时,富翁却拒绝了。警察问,那不是你的家吗?你难道不想回家吗?谁也没有想到,富翁竟然说了这么一句话:那不是我的家,只是我的房子,里面连个能说话的人都没有。

想起了一个朋友。在别人的眼里,这个朋友有一个幸福的家。可是有一天,他却发现妻子红杏出墙了。逼问之下,妻子道出了实情:和他在一起,像和一个木头人在一起,感到孤独和寂寞,和那个人在一起,俩人聊得来。仅为能聊得来就红杏出墙,这的确有点荒唐可笑,可是这事就真实地发生在我的身边。

曾经片面地认为倾诉是女人的专利。看了这几个故事后我才明白,无论是男人还是女人,都是需要倾诉的,无论他(她)多么伟大,多么事业有成,多么富有,他(她)也是一个有七情六欲、食人间烟火的凡人,身边需要一个贴心贴肺、知冷知热、能随时说话的人。

谁明白了这个道理,谁就会拥有康熙都没有的幸福。不信你试试。

莫为钱累

在物质发达的今天,没有谁不想挣钱。看看身边的人,一个个在想尽办法地去挣钱。人人都在想着挣钱,钱就那么好挣?在我们的周围,不知有多少人为金钱所累,他们的生活因忙碌而失去光彩。

有一位白手起家的朋友,刚上班那几年,日子过得紧巴巴的,他和妻子尝尽了生活的艰辛。后来,为了生活能够过得好一点,他在上班之余做起了生意。朋友是个能吃苦的人,上班的时候,他兢兢业业努力工作,成绩有目共睹;业余的时候,他不辞辛苦精心打理自己的生意,倒也使规模不大的生意红红火火。几年下来,朋友手里有了积蓄,且拥有了两套住房,再也不用为吃穿犯愁了。按说有了钱,他可以去干自己想干的事,可以心安理得地享受生活了。可朋友却是一脸的愁相,他说:“我现在成了一台挣钱的机器了,对什么都失去了兴趣。每天除了忙和累,没有别的了,感到越活越茫然。”

朋友不明白他这样永无休止地忙碌究竟是为了什么,是为了更好地生活吗?恰恰相反,这种忙和累使他失去了生活的全部乐趣。是为了证明什么吗?每况愈下的身体使他觉得所谓的奋斗失去了所有的意义。

朋友最后说，几年前，对于工作重要、家庭重要还是身体重要这些问题他从来没有想过，只知道一味地挣钱，觉得挣钱才是最重要的，才能从中找到快乐。可是他错了，没有了好的身体，没有了好的心情，挣钱再多，能有什么用呢？

其实，日子如何全在心情，而心情的好坏，究竟与金钱有多少联系呢？即使你赢得了整个世界，又能怎样呢？挣钱再多，也买不来快乐，这个理儿不是每个人都懂得的。

盲人点灯

前天下午,因为一件很小的事情与妻子生了气。我属于那种扯起簸箩乱动弹的人,由一件事总能想到其他许多事,所以越想越气。这种坏情绪一直持续到昨天下午。

我生气的时候,不吵不闹,就是不说一句话,用妻子的话说就是"哑巴蚊子",茅坑里的石头又臭又硬。妻子属于那种有话憋不住的人,自然也就受不了这种冷战。昨天中午,妻子便唠唠叨叨地说开了,说我死脑筋,度量太小,遇事不知道从另一个角度去想。她还数落我说,别人的老婆都指望自己的男人为她遮风挡雨,结婚这么多年来,我为她遮了什么风挡了什么雨?这些年,为了生意,她一个人风里来雨里去,说过苦叫过累吗?为什么不为她考虑考虑?

妻子说,人与人的相处是相互的,你给别人光明与温暖的同时,你自己也享受到了光明与温暖。说到这里,她给我讲了她在书里看到的一个故事:有一个盲人,每次赶夜路的时候,总会打着灯笼,许多年都这样。别人不解,都笑他的愚。终于有一天一个人问他为何这样做,盲人说,他虽然看不到光明,但别人能看到,别人看到了就不会碰到他,因此也就等于自己看到了。

听到这个故事，联想到自己的所作所为，我顿时觉得愧疚起来。仔细想想，结婚这么多年来，妻子跟着我还真没享过一天福，而我却只知一味地索取，总觉得妻子对我的关心与照顾是应该的，而从未给予过妻子什么。

婚姻何尝不是一个盲人在走夜路呢？点亮自己的心灯，在照亮别人的同时也会照亮自己。

闲言碎语

已经很长时间没写文学稿件了，不知是文学疏远了我，还是我疏远了文学，总之的确很长时间没写了，就连文朋诗友间的聚会也很少参加了。但我偶尔还会产生写作的冲动，会想起那些曾经的文友们。

那天，小草打来电话说，聚一聚吧，已经很长时间没在一起坐了。我问都有谁参加，小草说，校长、嘎子、闲愁、畹町、侠客等人。我没有理由拒绝，虽然这样的聚会我拒绝过很多次。

酒店就在白河岸边，房间不大，但很雅致，隔着玻璃窗可见滨河路上忙碌的人和车，还隐约可见熟悉的白河。这样的环境，符合小草的性格。我喜欢这样的环境，就像我喜欢这里的人一样。

同道中人，话题自然离不了“驴行”和写作。我不是“驴友”，但我羡慕这些“驴们”悠游自在的生活。想想自己这几十年，没有哪一天是为自己而活，只是被动地生存，就觉悲哀。不说也罢，还是说文学吧，文学这东西，不论人，不分高低贵贱，只要你喜欢它，它就喜欢你。

忽然间就说起了汉风。我的天，汉风居然还活着！记得是去年的什么时候，我打开原先收藏的汉风地址，竟然没有了。想想以前汉风也有过几次艰难的搬家历程，就找了找，但一直没找到，于是就判断汉风可能夭折了。为此,我还给自己一个充足的理由:在这个浮躁的物质社会,在文学不当饭吃的今天,一个文学板块的消失也是情有可原的。

这真是一个意外的收获。但不管怎么说,活着就好,就像一个人一样,活着就有希望。我赶紧打听以前的网友们,堂主、阳光、花仙子、杏花雨、三月、水柔、高山、迎春花等,真佩服校长的记性,把我想知道的都说得一清二楚。

其实,做人和作文一样,不一定非要取得多大的成就,大家在一起能够聊聊就好,找到乐趣就好。

平平淡淡也幸福

夜已很深，淅沥的秋雨更增添了夜的寂寞。电话那头传来她低低的哭泣声，为她那短暂的婚姻。

我耐心地听着，内心却暗暗感叹：一年前，也是这个时候，也是她的电话，讲述的却是不一样的心情。那时候，我常常被她的爱情所感动。她和他因在同一期报纸上发表文章而相识、相爱，那段时间，他每天都守着固定不变的时间，骑车奔波十几里接送她上下班。为了她，他会去自己不喜欢而她喜欢的饭店，点自己不喜欢而她喜欢的饭菜。他还会省下买烟的钱给她买昂贵的化妆品，或者在她不经意间送她一束玫瑰给她一个惊喜，甚至他还会在圣诞节的雪夜里，让雪花把自己装扮成圣诞老人而差一点儿冻僵。她的幸福，曾经让她的姐妹们惊羡不已。而今，这些都成了历史。

"婚后的生活太平淡，太没情调，这样的婚姻根本就没有幸福可言。"她恨恨地说，并最终放下电话。

我已经没有丝毫的睡意，耳边一直回响着她说的最后一句话。也许她的观点代表了一部分女人的心理，但我无论如何也不敢相信平淡的生活就没有幸福。仅仅因为婚后的生活过于平淡就选择了离婚，这样的选择是不是过于草率？

我想到了曾经认识的林哥。他和妻子下岗后，两人苦心经营一个小饭馆。每天早上，林哥总是一个人早早地到小饭馆备料，然后捏小笼包、熬八宝粥，而他的妻子总是很晚才出现。有人问他："咋不叫那位帮你呢？她一个女人更适合干这些。"林哥总是憨厚地一笑说："她身体不好，我想让她多睡会儿……"

林哥的话虽不动听，却不掺任何水分。许多年了，他们就这样走了过来，甚至没有人去过多地注意他们。

我不知道林哥恋爱时是一种什么样的情况，但我想林哥肯定和许多男人一样充满浪漫和激情。只不过婚后的林哥知道，婚姻是个从务虚到务实的过程，真正的爱，不见得要有如火如荼的炽烈，却少不了衣食住行的辛劳。

也许爱情的宝贵就在于它的普通与真诚。只有体会到这一点，才算真正读懂了婚姻，读懂了爱情。

香椿树

校场路口有几株香椿树，这是我今年春天发现的。那天，我从这个路口走过，忽然就发现了它们的绿。

我在这里用“株”而不用“棵”来形容它们，是因为它们在我眼里与那些高大的树相比实在是太小了，但它们又分明是树。树与树的地位应该是一样的。

在这个四季常青的城市里，这点绿实在是微不足道，甚至可以被人忽略。我之所以注意它们，就因为它们是香椿树。香椿树与有的树是不一样的。有的树只能供人们观赏，而香椿叶可以吃，有被人利用的价值。但它似乎并不炫耀自己，随遇而安，与世无争。

我原本认为生活在城市里的树和生活在城市里的人一样会过上舒适的日子，尤其像香椿这样有利用价值的树，在繁华的闹市会得到人们的关心和爱护。但我错了，因为它们还没有绿几天，确切地说是刚刚长出几枝嫩芽就被人无情地掰去了。

起初，有几个老头儿老婆儿搬着小凳子掰下面的枝丫。香椿叶就努力地向上长，但它的努力是徒劳的。对于有智慧的人类来说，它的这点小伎俩实在不算什么。没过几天，就有人在长长的竹竿上绑上镰刀,狠狠地割去了它们的手足。

我想象不出它们失去手足时是一种怎样的痛,但我知道,它们和其他树一样,和人一样,也是有生命的。

好在香椿树有极强的生命力。它们虽然一次次受到人们的蹂躏,但一直顽强地生长着。这个世界上,除了人类,还有阳光、水和土壤。有了这些,它们就有成长的机会。

前几天,我再次路过这里时,发现它们虽然仍旧光秃秃的,但并没有枯萎,仍旧百折不挠地活着,而且枝干挺拔向上,丝毫没有向命运低头的意思。

路　遇

那是个极其平常的日子。我记得是个星期天的中午,天空悬着红红的太阳,可不知怎的忽然就下起了雨。人们脚步匆匆地行进在回家的路上。

就在商场的北边,公园的西门,一个骑自行车的中年汉子在我面前猛地一栽,便不省人事了。我来个紧急刹车,其实是自行车,它立即停住了。我下车一看,是个满身酒气的醉汉,摔得不轻,额头还汩汩地冒着鲜血。

围观的人很多,有同情的,有叹息的,可就是没有一个人上前扶他一把。再这样下去,他会没命的,我想。

幸亏不远处就有个诊所,我花了四元五角钱给他买了纱布和止血药,很是麻利地对他进行了包扎。还好,血止住了。可这醉汉醉得不轻,没有丝毫的反应。我得把他送回家,决心学次雷锋。

出租车招手即停。可当我一连十几次问他家在哪儿时,他都没有回答。我失望了。

我十分吃力地把他拖到一堵墙前,让他靠墙坐着,然后把他的自行车推到他的身边,锁好,再把钥匙放到他的衣兜里。

我还得赶路，家中有生病的妻子需要照顾。可路上总担心那位贪杯的汉子，不知是否还会有人帮他一把。

谁都会有困难的时候，帮助别人，其实也是在帮助自己。到家的时候，太阳依然高悬，只是雨停了。

圣诞节随想

这几天去商店购物或去酒店就餐，到处都能看见张灯结彩的圣诞树，我逐渐意识到圣诞节到了。

其实，对于圣诞节这样的洋节日我并没有过多的了解，也没有多大的兴趣。虽然我知道圣诞节和中国的春节一样，平安夜和咱们的年三十差不多，但在我的传统意识里，圣诞节远没有中国的春节有滋味。

最初知道圣诞节好像是在上小学时，在《卖火柴的小女孩》那篇课文中提到了"圣诞节"这个词。至于圣诞节的来历以及外国人为什么要过圣诞节，老师没讲。真正对圣诞节有所认识是在上高中时。那时候，每到圣诞节前后都会收到同学们寄来的精美贺卡，心里也会欢喜一阵子。

参加工作后，便逐渐淡忘了这个节日，即使收到朋友们寄来的贺卡，也没有了那时的欣喜。偶尔也会在圣诞节当天听到年轻的同事问候一声"圣诞节快乐"，这时候顶多也就说一句"谢谢"了事。

2002 年的圣诞节前夕，我收到了一张寄自加拿大的贺卡。贺卡是中国台湾著名诗人痖弦先生寄来的。痖弦先生在中国台湾乃至全球华人圈内的影响很大，退休后定居在加拿大。那年秋天，他回南阳探亲,在台胞杜道珍的引荐下我有幸结识了他。后来,我给他写过几次信,他每次必回。再后来,我听说南阳诗人熊鹰等就是通过他走向海外的,内心便对他有了几分崇敬。但我万万没想到,他会在圣诞节远隔千山万水给我寄来贺卡,这的确让我有点受宠若惊。

而今,随着年龄的增长,圣诞节在我的心里已激不起一点涟漪了,毕竟那是年轻人的节日。但不管怎么说,圣诞节能带给我们快乐就好。

瞬间的感动

报社西边有个叫牛王庙的城中村。村里的外来户很多,有不少人靠做小生意为生。也正因如此,村中的那条马路俨然像乡下的集市一样热闹。即便是针头线脑这样别人不屑的小生意这里都能见到。

因为每天上下班都要从这条路经过,我便经常在那里买些蔬菜、馒头,或者吃个早点什么的。路两边有五六家卖馒头的,但我从没注意过村西头那对小夫妻的馒头店。他们不像别的摊主那样,把巨大的馒头簸箩支在马路上,而是把馒头摆在屋内的笼子里卖。不是老主顾,谁会知道他们是卖馒头的呢?

如果不是那天下午的无意一瞥,我也不会知道他们是做馒头生意的,虽然我从他们家门口经过无数次。那天下午,天气奇热无比,人在室外哪怕一动不动,也会像洗桑拿一样立马汗流浃背。因为要送女儿学习,下午三点左右我不得不骑着摩托车上路。此时,往常熙熙攘攘的马路上车少人稀,连狗们也躲在路边的树荫下吐着舌头打盹。

路过他们家门口时,我看到了让我感动的一幕:年轻的妻子坐在地上歪着头往炉灶里添柴,丈夫蹲在她身后用蒲扇不停地扇着凉风,还时不时地用毛巾在妻子的脸上擦一擦。这样的天气,别说蒲扇了,就是电风扇扇出的风也是热风，是不会凉快的，何况他们的身边是一个红通通的火炉子。但一旁的丈夫还是不停地摇动手中的蒲扇，虽然他自己的衣服已被汗水粘到了身上。

我放慢了摩托车的速度，但我没有停下来。我怕我的惊扰会破坏这个绝美的镜头。看到或听说过太多夫妻为一句话争吵甚至大打出手的事，感受过世间人情亲情的淡薄，这个时候，我多么希望这个温馨的画面能永远定格在这个喧闹浮躁的城市。

山盟海誓、海枯石烂等所有用来形容爱情的词语此时都显得多余。也许我们已经习惯面无表情地生活，习惯让自己的心很硬很硬，甚至忘记了这个世界上还有一种东西叫幸福。其实，幸福很简单，它与人的地位无关，与金钱无关。幸福，是你疲惫时一个可以依靠的肩膀，是你生病时床头的一杯热茶，是你烦恼时一句关切的安慰。幸福，就是有人牵着你的手慢慢变老。

我想，我该去买他们的馒头了，因为融着他们爱意的馒头一定很好吃。

犹记儿时看电影

小时候，对电影有种说不出的渴望，盼看电影就像盼过年一样，那种狂热丝毫不亚于现在年轻人对明星的迷恋。这可能与当时贫乏的物质文化生活有关。哪个村子放电影，就是那个村子的节日。当然，最高兴的还是我们这些光脚丫子的孩子们。

我是惧怕黑夜的，小时候的黑夜于我有太多的恐惧，总怕有狼或妖魔鬼怪袭来，这可能与大人们讲的故事有关。但哪一天村子里放电影，那一天的夜幕便对我充满了甜蜜的诱惑。这时候，我会央求母亲早早地做好晚饭，或者干脆不吃晚饭，和村里的小伙伴一起搬着小凳子慌慌张张地去放电影的地方抢位置。那时好像家中的椅子也不多，为了抢占一个较好的位置，更为了前面的人不影响自己观看，我总是想着法子去占更多的位置，比如说摆几块砖头，或者放几根木棍。大人们当然不会和我计较，但同龄的小伙伴们就不同了，每次都会因争抢位置而发生争执，甚至还会打上一架。这时，大人们就会出来平息，直至电影开始。

电影开始前的调试阶段是我们最兴奋的时候。这时候，我们会伸出自己的小手，对着放映机发出的光线做出各种不同的造型映射到屏幕上，谁做得最多，谁第二天炫耀的资本就多。

那时一个村子一年顶多也就放三五场电影，更多的时候我们需要到邻村观看。我至今也弄不明白，在没有什么通信工具的当时人们是如何知道哪个村子放电影的？

记忆中跑得最远的一次，是到方城县博望镇的张湾村看电影。那个村子离我们村子有十几里远，途中要蹚两条河，还要过一段“紧路”。所谓的“紧路”，就是村民们眼里有鬼的地方。那时我最怕鬼，但我们禁不住电影的诱惑，总是多约上几个人，系上红领巾（据说鬼怕红色）壮着胆子往前冲。等我们好不容易赶到那里时，电影几乎就要散场了。但即使看不上几眼，我们心里也有一种说不出的高兴。

那时看电影，不可能像现在坐在电影院里观看宽银幕立体声电影那么舒服，清一色的全是露天影院。一般情况下，都是在村子里的空旷处凑着两棵树搭上一块白色的幕布。坐在最前面的，往往是我们这些席地而坐吸着鼻涕的顽皮孩子。大人们呢，有条件的搬个椅子或者小板凳之类，更多的是站在一旁观看。

记忆中的电影总是时断时续的，要么是发电机坏了，要么是胶片烧了，要么是遇到了跑片。那时农村大多数地方还没用上电，放电影需要用一台小型发电机发电，而这些发电机可能是使用频率太高的缘故，经常性地坏，这时候我们虽有抱怨，但还是能耐心地等待。胶片烧了对我们小孩子来说不是一件坏事，幸运的话我们会得到一小节珍贵的胶片，白天没事的时候能够对着太阳反复观看。最讨厌跑片了，几个村子同时放一部电影，看完这一盘等着下一盘，有时能等上几十分钟甚至一两个小时。忍耐不了的大人们有的会不情愿地离去，小孩子们则有着超乎寻常的耐心，即使等到后半夜也不会放过。

记忆中观看电影时还总有打架现象发生，大多是因为某位年轻姑娘引起，往往是一个村子的人对着另一个村子的人蛮干。那时不懂什么情啊爱啊，不明白他们为什么放着好好的电影不看而去打群架。当然，恼恨还是有的，因为他们打架会导致电影被迫中止。

那时最爱看打仗片。印象最深的有《小兵张嘎》《铁道游击队》《上甘岭》《永不消逝的电波》《渡江侦察记》《南征北战》《鸡毛信》《敌后武工队》《平原作战》《平原枪声》《地雷战》《地道战》《闪闪的红星》《血战台儿庄》等。看完这些电影，对影片中的英雄有一种莫名的崇拜，幻想自己有一天也能成为一名光荣的解放军战士。这种影响直至我高中毕业。但其他片子也决不会落下。还看过童话片《哪吒闹海》《鱼盆》，以及戏曲《朝阳沟》《七品芝麻官》《卷席筒》《李天宝吊孝》等。看恐怖片《三打白骨精》《一双绣花鞋》时，好像是隔着指头缝看的，回家后便赶紧钻进被窝。

儿时对电影的迷恋影响至今。而今，虽然工作和生意繁忙，但我仍会在周末抽出时间，和妻子、女儿一起到梅溪路上的电影城去坐上一两个小时，虽然没有了儿时的兴致，但仍然觉得是一种享受。那种氛围，是在家中观看电视中的电影所不可比拟的。

回家过年

这已是十几年前的事了。如今想起来,仍像发生在昨天那么清晰。

那年春节前,一直在乡下居住的父亲打来电话,非让我和妻子、女儿回家过年,还特别交代我无须买任何东西,他已买足了肉、菜,还专门请人炸了不少我爱吃的酥肉、妻子爱吃的麻叶儿、女儿爱吃的莲菜夹子等。父亲说,已经很多年没和我们一起过年了,很怀念先前我们一大家子吃团圆饭的情景。

我记不清多少年没回家和父亲一起过年了。这些年,为了生存,我一直在南阳艰难地打拼,一边努力工作,一边经营着服装生意,忙得迷失了自己,也忙得忽略了亲情。我甚至没有认真想过母亲去世后这么多年父亲忍受了多少的孤独和寂寞。而父亲似乎也从没要求过我星期天或节假日回去看他,相反他却经常给我打电话询问我的工作和生活。

我无法拒绝父亲,就像我无法拒绝温暖的父爱一样。大年三十那天下午,我提前关了店门,冒着风雪,携妻带女乘上了开往石桥的班车。

那天的风雪可能是近些年最大的一次了，一路上汽车都在艰难地滑行，二十几公里的路竟然走了近两个小时。到石桥的时候，天已经微微地黑了。就在下车的瞬间，我看到了在寒风中冻得瑟瑟发抖的父亲。“爸，这么冷的天，您怎么来了？”“我不放心，过来看看，我想着你们会回来的。回来了就好啊。”父亲搓着冻得发红的手乐呵呵地说。一股感动和幸福瞬间涌上心头，而那一刻我清楚地看到父亲花白的胡须上结满了薄薄的冰霜。我不知道怕冷的父亲在雪地里等了多久。

在父亲的旁边，站着一位和父亲一样瘦弱的老人，他吃力地张望着从车上下来的每一个人。父亲说，老人是邻村的，他刚来不久老人就来了，等着在城里上班的儿子回家。老人一边望着空空的车厢，一边喃喃自语：“我儿子不会回来了，这么大的雪，不会有车了。”说着，用颤抖的手去擦拭泛红的双眼。

“回去吧，你儿子可能有啥特殊事不回来了。”父亲安慰老人说。老人一边失望地跟着我们往回走，一边叹着气说：“我真羡慕你有这么孝顺的儿子，再忙再难也要回来过年。”说完，老人竟伤心地哭了起来。“没事的，你儿子不回来，也会捎些钱或东西让你过年的。”父亲解劝说。“谁稀罕他的钱？你不和我一样就图个团圆吗？”老人叹着气说。

那天晚上，父亲做了满满一大桌子的菜，从不看春晚的他还和我们一起看完了春晚。看电视时，父亲不停地唠叨着我们小时候过年的事，不停地给女儿讲他讲了几百遍的家史，遇到高兴处，还端起酒杯小酌一口。父亲说，那年春节是他最高兴的一个春节。而对我来说，则是最难忘的一个春节。

如今，女儿远在成都上大学，每年春节，我也会像父亲当年盼着我回来一样盼着女儿归来。也许只有到了一定的年龄，经历了人生中的一些事，才会明白生活中的一些道理。就像过年，即使两手空空，能回来和家人过个团圆年，也是给父母最好的礼物。

老　屋

旧居的三间草房曾有二十多年的光辉历史，我和几个哥哥就是在这几间草屋里长大成人的。后来，随着经济条件的好转，我们在老屋的对面盖起了六间楼房，老屋显得有点不相称，也就没有存在的必要了。一次家庭会议后，大家决定把老屋拆了。

拆老屋的前一天，母亲望着那用竹竿拼成的窗户，土坯垒成的床，泥巴糊成的桌子，还有那扫了二十多年的锅台，流了泪。最后，请了照相馆的师傅里里外外拍了几十张照片，才算了却了母亲的心愿。

老屋是父母结婚不久盖起来的。那时候，他们刚和伯伯分家，雄心勃勃地要盖几间青砖翠瓦的房子。可就在一次上隐山拉石头时，由于山高坡陡，一不小心撞死了生产队的一头耕牛。房子盖不成了不说，还欠了生产队几百元的账。

那时候，几百元是个天文数字。父亲虽然在外教书，但每月只有三十几元的工资，加上我们又是缺粮户，日子本来就过得紧巴，这次又欠了外债，无异于雪上加霜。很长一段时间父母都无法从这个阴影中走出来。为了还账，父母不得不勒紧裤腰带，母亲甚至不得不一次次省下药钱，在无奈中与疾病抗争。我的童年，是在母亲的痛苦呻吟声中度过的。

盖瓦房的梦破碎了，但日子终究要过。没办法，父母只好自力更生，亲自动手制作泥巴坯子。我至今都不敢想象，体弱多病、身材瘦小的母亲是怎样弯下脊梁，干这种男人们都不愿干的重体力活的。但我听父母讲过，起初他们只是盖起了一间草房，后来随着我们弟兄几个的相继出生才不得已又盖了随后的两间，这也是为啥我们的三间房子高低不一的原因。

记忆中我和三哥跟父母住在北边那间，大哥和二哥住在中间那间，最南边那间是灶火间。中间那间，父母用泥巴和高粱秆儿做成了一个大桌子，我和哥哥们经常一起趴在这张桌子上写字学习。我还依稀记得，每天晚上，识文断字的母亲都会给我讲一些历史故事和神话故事，至今还能回忆起其中的一些片段。我小时候之所以作文写得好，很可能就受益于母亲的文学启蒙。

从我记事起，草屋先后经过十几次的翻修。因为时间久了，加之雨水的侵蚀，麦秸朽了，每逢下大雨都是外面大下屋里小下，只好拿出盆盆罐罐来接雨水。即使这样，也免不了父母的忧虑，他们总担心雨大会把房子淋塌。因此，只要是下雨天，母亲便日夜不敢合眼，屋里屋外前前后后一遍遍地查看，一有响声便会把我们喊醒坐着，以防不测。记忆中，一到夏天母亲就会用塑料布在院子里搭建一个很大的帐篷，用木板拼凑个大床，让我们弟兄几个都睡在里面。而那个时候，我们弟兄几个年龄尚小，对这一切充满好奇，总是在一起叽叽喳喳说笑不停，完全不懂母亲的良苦用心，也根本体会不到帐篷下的母爱。

如今老屋早已不复存在，母亲也已离开我们二十多年了，但母亲和老屋的形象连同老屋里滴滴答答的雨声以及童年那温馨的故事却在我心中永存。

第四辑　岁月印记

我这二十年

二十年前，我的理想很单纯：别留在农村，能找个媳妇，有份工作，能养活自己就行。至于在城里买房子，那时候想都没想，不敢想。之所以有这样的理想，是我自身的条件所致。

二十年前的 1990 年，是我真正跨入人生的一年，也是我人生中最为黯淡的一年。那年七月，我像落水狗一样，被高考这座独木桥挤出在外。这对于一个没有任何背景的农村娃儿来说，意味着前途了无。没有人埋怨我，也没有人指责我，但我不能不自责。要强的父母，为了供我们兄妹几个上学，家徒四壁，多病的他们甚至省下药钱甘愿忍受病魔的折磨。我至今还记得一位邻居对父母的讥笑：都穷成这样了，还供娃儿们上学，将来连个媳妇也找不来！也就是在这种困境下，我的两个哥哥先后考上大学，而我偏偏这么不争气，让父母颜面扫地。

回到老家的很多天，我都把自己关在屋里，闭门不出。没有电视，更没有电脑，甚至连电也没有。除了拼命地干农活，便是看书、写日记。失落、苦闷、无奈、孤独、寂寞成了我生活的全部。

我的老家在宛城区新店乡东北部，与方城县搭界，是一个极其贫穷落后的地方。20 世纪八九十年代，农村的很多地方都通电了，用上自来水了，可我们那里吃水排队挑，既不通电也不通广播，唯一的娱乐便是聚在一起用泥巴疙瘩占方（一种棋类游戏）。更让我感到悲哀的是，都那个年代了，我们村里的姑娘还不敢穿裙子，更别说自由恋爱了。谁家的姑娘要是单独和陌生的男青年在一起，非让乡亲们的唾沫星子淹死不可。在这种近似原始的环境中，我压抑得喘不过气来，与周围的人显得更加格格不入。

我必须逃离出去，同时也为了能找到媳妇。在那个年龄，能有媳妇似乎成了我最渴望的事。因为我 16 岁便失去了母爱，我渴望母亲般的关爱。

我应该感谢我的父亲。他是一位光荣的人民教师，无论观念还是眼光似乎都比村里人开放一些。在我软磨硬泡了几天后，他终于答应领着我到南阳找活干。需要说明的是，那时的我根本不敢自己来南阳，因为在此之前我压根儿就没来过几次。

南阳那个时候的中介所很多，我们把全部希望寄托于此。除此之外，我们别无选择。建设路、人民路、新华路、中州路，我已不记得那时跑了多少家中介所，但每次都是失望而归。中介所介绍的都是饭店、建筑工地之类的工作，这不是我期望的。我希望能找到一个文职工作，因为我喜欢文学，上高中时就已经在全国各地的报刊上发表过几十篇文学作品，还获得过几次省级文学奖项。我幼稚地认为，凭着我的这些荣誉找到一份体面的工作并不难。但我错了，现实把我的希望和梦想击得粉碎。

就在我们不抱任何希望准备回家的时候，公园门口一家中介所招聘文员的广告吸引了我。我怀着兴奋还有几分忐忑的心情走了进去。一个光头老头儿接待了我。我把发表的作品、获奖证书一股脑儿掏了出来，这是我的筹码。可老头儿对这些并不感兴趣，他只是拿出排笔让我写几个字。坦率地说，我的字还不算太差，老头左右端详了一阵子后说：“这样吧，你在我这里干，平时写些广告，干点杂活，一个月 60

元,晚上就住在这里,吃饭就在招待所,很便宜。”

我几乎想都没想就答应了,毕竟我可以逃离我厌恶的农村生活了,离我梦中的媳妇又近了一步。

中介所的工作很简单:白天,或往饭店、工地送人,或一张又一张地书写招聘广告;晚上,车子把上挂桶浆糊,车子后面夹一摞写好的广告,贼一样地穿梭于大街小巷,电线杆上、厕所门口,凡是人多的地方到处张贴。

就这样干了不到一个月,我便感到厌烦了。不是我怕出力,而是我知道了很多中介所骗人的内幕,觉得良心有愧。在这种情况下,我想到了一个人——地委宣传部的一位领导。我上学的时候,有一次地区开文艺座谈会,喜爱我的周同宾老师领着我去了,在那次会上我见过他。于是,我就冒昧地给他写了一封信,大意是说我高考落榜了,想在南阳找一份工作,希望他能帮忙。说老实话,信发出后我并没有抱多大的希望,毕竟人家是那么大的官,我是无名小卒,又非亲非故的,人家会理会我吗?就是现在,我也觉得当时有点荒唐。然而,就是我这一个荒唐的举动改变了我的人生。

大概一个月后,我正在中介所忙碌,市内一家新闻单位的领导找到了我,说是某某领导推荐了我,问我愿不愿意到他们那里上班。我问她去了干什么,她说是编辑。这不正是我梦寐以求的工作吗?难道天上真的掉馅饼了?那位领导走后,我拧了拧自己的脸,是真的。

我就这样踏上了新闻之路。其实,那时我虽然干的是编辑,但因为是临时工,每月只有 100 元工资。但我已经很满足了,毕竟在外人看来这是一份体面的工作。而且,那时南阳的物价不高,我完全可以自己养活自己了。

一年后,我结婚了。妻子是我的高中同学,她没有嫌弃我家穷。结婚时,因为家里条件所限,除了两床薄薄的被子,家人没有为我购置任何东西。我用平时积攒的几百元钱买了张床,买了台黑白电视机,还有一个白天用于吃饭、晚上用于写作的桌子。那天，没有待客，没有亲朋好友，就连那挂不长的鞭炮也是我亲手点燃的，以至于放炮时弄得房东莫名其妙。

婚后的生活是幸福而又艰难的。因为妻子一时没有工作，加上租房，我一个月百十元的收入很难维持两个人的生活。而要强的妻子也从不向她娘家人张嘴索要什么。很多时候，我们都是靠馒头和咸菜充饥。我记得有一次我们用一毛四分钱买了棵白菜，整整吃了一周。即便生活如此艰难，我们谁也没有叫苦叫穷过。

妻子是个不甘平庸、不甘屈服于命运的人，她很快便谋到了一份临时工作。有了双份收入，日子明显好过了很多。但妻子并不贪图享受，她精打细算，虽然俩人收入不多，但每月仍有三五十元的节余。按说这样的生活已经超出了我的理想，但我们又有了新的计划：攒钱买房子。在我们的潜意识里，只有在南阳有了属于自己的房子，才能真正扎根于这座城市。

这是一个宏伟的计划。当时，南阳的房价并不高，几万元就能买一套几十平方米的单元房。但几万元对于我们来说，无异于一个天文数字。按我们每月存一百元计算，这得多少年啊！

穷则思变。有了奋斗目标，也就有了动力。经过商量，我们决定去武汉汉正街进一批童鞋、袜子之类，利用工作之余挣外快。说干就干，几百元的商品很快到家。我们从亲戚处借了一辆三轮车，利用早中晚闲暇时间和节假日休息时间，在城区的大街小巷叫卖。一天下来，竟然有十几元的收入。这样算来，一个月就有三四百元的收入，这比我们两个人的工资收入还高。那时，我们每天最高兴的事就是到了晚上数钱，然后压到枕头下甜甜地睡去。

我们就这样挖到了人生的第一桶金。

1993 年，我用 1 万元的代价为妻子买了城市户口和某国营企业全民工指标，而我也随着工作把户口迁到了南阳市。从这个意义上说，从那时起我们成了城里人。

但我们还不算真正的城里人,因为我们还没有自己的房子,仍然寄居在这座城市的屋檐下。我们做梦都想有一套哪怕是一间属于自己的房子,结束这搬来搬去的租房生活。

我们都明白,因为基础差,我们要想过上和别人一样的生活,就必须付出比别人更多的艰辛与努力。工作来之不易,干好本职工作是前提。因此,上班时我不敢有丝毫的马虎大意,生怕落后于别人,还总是利用晚上写稿,有时甚至熬通宵。而休息时间则和妻子一起做生意。

从童鞋到工艺饰品再到小吃,那些年我们虽然做的都是小生意,但由于勤俭持家,到 1994 年我们终于买了一套属于自己的单元房。而这期间我们的付出又有谁知?为了节省一块钱的饭钱,很多时候妻子靠一个馍和一瓶白开水充饥。很多时候,别人在花前月下享受人生之乐时,我们却在摆摊设点忍受着风吹日晒。

2004 年妻子单位改制,她一次性买断工龄。我们随之在城区开了服装店和鞋店。从街头地摊到商铺,这是一个飞跃。当然,做生意之辛苦不是非生意人所能体会得到的,也不是一两句话就能说明白的。随着生意的扩大,我们的生活品质不断得以提高,不仅买了近 200 平方米的四居室房子,还拥有了私家车。与此同时,我的工作也有目共睹。这些年,我每年都在报纸上发表一二十万字的新闻作品和文学作品,两次获得"南阳市十佳新闻工作者"、两次获得市政府"优秀文艺园丁奖",数十次获得省市新闻奖。

我说这些绝无自我标榜之意,而是想告诉大家一个理儿:人不怕基础差,就怕你不努力干。只要肯动脑筋,不偷懒,不怕困难,就能过上你想过的生活。

第一次发表作品

人生苦短，岁月如梭，不知不觉间已步入中年行列。几十年来，苦也有，乐也有，经历过大大小小的事。然而，许多事情如过眼云烟，并未在我的生命中留下太深的印痕，唯独第一次发表作品让我至今记忆犹新，那种惊喜是我今天得了大奖也没有的。

那是 1986 年 10 月，当时我在宛城区新店乡双庙联中读初中二年级。一个偶然的机会，我在山西太原出版的《青少年日记》上发表了一首题为"日记"的小诗，编辑部还给我寄来了两本样刊。诗不长，只有几句，但对我来说却是个极大的鼓舞。一连几天我都把那本《青少年日记》带在身边，见了同学和朋友都会掏出来炫耀一番，仿佛自己做了一件了不起的大事。要知道，那时包括老师在内我可是学校第二个发表作品的。为此，老师还表扬了我，美得我走路都屁颠屁颠的。呵呵，都因那时年轻气盛。

不久，编辑部给我寄来了两元稿费。两元钱对于今天的我来说可以不屑一顾，但在当时两元钱差不多是我一个月的菜钱。我清楚地记得，接到稿费那天，我不停地把手伸进衣兜触摸那带有体温的汇款单，生怕它飞了似的。至于老师在课堂上讲的什么，我一句也没听进去。

毕竟这是我第一次用自己的双手挣来的钱，我盘算着这笔“巨款”怎么花销。买成菜票吧，舍不得；给父母买些东西吧，又不知买什么。犹犹豫豫中总是拿不定主意。父亲说，你自己挣的钱，自己决定吧。最后，我决定不取这笔钱，把汇款单留下来做个纪念。至今，它还完好无损地被我收藏着。

自从发表了第一篇作品，我的写作积极性空前高涨，特别是每天坚持写日记，从未间断过。这期间我仍不断地向《青少年日记》投稿，可遗憾的是每篇稿件都石沉大海。当时，我一直很纳闷，既然能发表第一篇，说明自己的水平够格，可为什么后来的稿子都发不出来呢？直到今天我才明白，当时发表的那首小诗，可能是编辑先生为了填补空白才勉强凑合的。可他哪里知道，他这一“勉强”影响了我的一生。

此后，为提高自己的写作水平，我开始大量阅读书籍，夜以继日地创作，以至于到后来发展到严重偏科的地步。到了高中，我的数理化成绩已一塌糊涂。老师们都为我感到惋惜，而我那时根本听不进去他们善意的劝告。至今，我仍对自己未能参加高考未能进大学校门而后悔不已。

高中毕业后，我凭自己发表的几百篇文章和一叠证书进了一家报社，当上了还有人羡慕的编辑。可我总是想，如果不是当初发表了那首小诗，如果不偏科，我的人生可能是另一种情形。受益于文学，吃亏于文学，我不知该喜还是该悲。

张衡文学社

20世纪80年代是个文学狂热的年代,印象最深的是很多中学很多学生痴迷于搞文学社。我当时所在的南阳县四中也成立了一个文学社,因为南阳是张衡的故乡,我们把文学社起名为“张衡文学社”,出版了油印小报《鄂城》。我是发起人之一。因为那时我已经在全国不少报刊发表了不少文章,还得过几次奖,参加过几次笔会,在大家眼里是一个有“资历”的人,大家便推举我为《鄂城》的主编,社长由现在南阳电视台工作的曾昭洋担任。

那时办文学社没有什么目的,纯粹是出于爱好。几十个社员热情很高,课余时间大家都会聚在一起,探讨写作,商议如何办好《鄂城》小报。起初我们让负责校图书馆的张宁波老师手刻蜡纸,然后自己动手印刷,后来我们觉得手刻小报不上档次,便决定到南阳电脑制版,然后拿回学校印刷。当时电脑刻一个版好像是4块钱,一期大约需要十几个版,也就是几十元钱。这对于我们这些穷学生来说可不是一个小数目,刚开始的时候大家还愿意凑钱,时间长了凑钱的人越来越少。没办法,其中的一位社员就利用星期天到河里摸鱼卖钱凑份子。就这样断断续续地,在我上高中的三年里,《鄂城》小报一直出版着。

《鄂城》小报很出名。因为我们和全国很多中学的文学社有交流，每期也都要往相关报刊邮寄样报，有些报刊还刊登了我们文学社的简介和社员的作品。应该说，我是最大的受益者，编报不仅提高了我的写作能力，还锻炼了我的组织协调能力，我还学会了一些画版排版技能。更重要的是，我屡有作品在报纸上发表。有一期的《语文报》还用头版整版的篇幅刊登了我写的《中学生对话录》。我记得文章发表后的一个月内我收到了一麻袋全国各地读者的来信。起初每封信必回，后来也没有精力和钱去回信了，但有些朋友至今还交往着。

我那时对文学已经到了痴迷的地步，白天上课时想的是写什么、如何写，晚上做梦也在构思，经常半夜爬起来写东西。有很多次数学老师在讲台上讲课，我在下面看小说。班主任把我的座位调到了第一排，我依然如故。后来，老师也懒得理我了，放开让我看。到高三时，除了语文，其他学科已经学得一塌糊涂。对了，高二时我学的理科，到高三时改学了文科，但因基础太差，历史、地理总是跟不上，记得有一次地理考试我只得了 30 多分。不会也就没有兴趣，没有兴趣便不想去学。到高三下学期，除了看小说写文章，我基本上已不再学习其他科目了。

那几年中学生文学创作引起了高校的注意，一些重点高校开始特招在文学上有成就的中学生。我的几个朋友，如邵文杰、程冰雪、雷霆等，就被特招进了南开大学、厦门大学、武汉大学等。他们中有的现今在国家级报刊工作，有的出了国，都比我强。

那时有个不成文的规定，不管在哪个报刊上，只要发表 100 篇文章，就有资格被保送。几位保送成功的朋友劝我也走这条路。在他们的鼓动下，我以校团委的名义，分别给武汉大学、西北大学等几所高校写了推荐信。没多久，西北大学招生办就给我回了信，大意是让县级以上的主管部门推荐才行。我那时想自己没有任何社会关系，这事肯定不好办，就把信悄悄放了起来。

现在想想,那时的我还是太幼稚,像这种情况,即使没有关系,找到县教育局他们也会办的,毕竟这也是一个县的荣誉。

这件事成了我今生最大的遗憾。

第一次采访

县广播站实行的是采编合一的工作机制。虽然我是编辑,但分有采访任务。我第一次采访去的是卧龙区英庄乡的一个养鸡场。

那时,在农村搞副业是我们宣传的重点,但对于如何采访我心里并没有数。因为在此之前,我写的大多是文学稿件。对于新闻采访与写作,我还是一个一无所知的门外汉。于是,我怀着忐忑不安的心情请教了站长和站里的一些老编辑。他们耐心地教给我采访技巧,还帮我列了采访提纲。

那时广播站的条件很落后,没有采访用车,没有现在小巧玲珑的录音笔。我背着一个很大的笨重的采访机,坐着公共汽车一路颠簸来到了目的地。当时的心情,有兴奋也有害怕,还有一种说不出的神气。

养鸡场的场长是一位二十几岁的年轻小伙子,姓什么已经忘记了,只记得他的名字中有一个"谱"字。他很热情,配合得很好,采访得很顺利。

中午吃饭的时候,他让家里人杀了一只很大的鸡,炒了半盆子的鸡肉。这对于一直生活在农村的我来说简直有点受宠若惊。原先我哪享受过这样的礼遇啊!但碍于面子,那顿饭我并没有吃饱。

回来后,我根据采访情况很快写好了新闻稿交给了站长。站长看后,给我做了很大的改动。因为原先一直写文学稿,我在新闻稿里用了很多的形容词,而站长却把我这些自认为精彩的地方全删掉了。站长说,新闻稿就是说事实,有一说一,有二说二,越简练越好。我若有所悟地点点头。随后,站长问我采访的过程,我一五一十地说了个仔细。末了,我还对站长说,人家杀了只鸡款待我。站长听后,笑了笑没说什么。

吃鸡肉,没吃饱,这是第一次采访留给我的最深印象。快 20 年了,这个印象一直在我脑海里清晰地存在着。

给一位作者的信

×先生:

你好!

中午接到你的电话,你说你收到了我退回去的钱。我听出了话筒那边的你的不高兴。请原谅我这么做,我的良心要求我必须这么做。

你不要因此不高兴,当初我推托不掉接下这笔钱时,我就给你说过我会退给你的,我现在只不过履行我的诺言罢了。过惯了苦日子的我知道金钱的主贵,但我更清楚每一分钱的来之不易。这些钱是你辛辛苦苦挣来的,我能心安理得地去花吗?我是凡人,也稀罕钱,但我知道,不是我的劳动所得我就不能要。

说实在话,做副刊编辑这么多年来你还是第一个给我送钱的,数目虽然不大,但已让我胆战心惊了。给你发稿是我的职责所在,你不用谢我,如果说感谢,也应该是我感谢你才对。因为报纸离不开像你这样的热心作者。

我给许多作者说过同样的话,亦即我的选稿原则:以稿取人,绝不以人取稿。你要知道,报纸是面向大众的,一个编辑是不可能把达不到发表要求的作品拿出来发表的。何况编辑也没有绝对的发稿权,编辑之上，还有主任、副总编、总编把关，哪一关过不去稿件就不可能发表。

现在，一些人受社会环境的影响，对编辑、记者有误会，片面地认为发稿全凭关系。事实上不是那么回事。不说别的报社，不说别人，就我干了十几年的编辑而言，绝大多数的作者我是不认识的。如果都像你那样，呵呵，我早就发财了。开个玩笑。

说说你的稿件吧。应该说你还是有一定的文字功底的，但恕我直言，你在写作上还有不少的缺陷。总体而言，我觉得你的文章主题不鲜明，或者说在选题上有问题，缺少新意。这是写文章的一大忌。社会在发展，人们的阅读习惯和审美标准都在改变，不可能整天去看那些老掉牙的故事，写文章有时也要与时俱进的。当然，我不是说怀旧的文章就不能写了，而是说这一类的文章不易写出新意。如果要写，就一定要写出深度和广度，否则这篇文章也就失去了存在的价值。

还有你还要在素材的选取和语言上下功夫。你的不少文章都显得有点拉杂了。我记不得谁曾经说过这么一句话：写文章就是要用最少的话去说明最深奥的道理。这也就是为什么长文章好写短文章不好写了。你还要明白艺术来源于生活而高于生活，绝不是生活的照搬，需要你的加工、整理和提高才行。而你的一些文章就是生活的照搬，这样读起来就像白开水了。一篇文章，不一定句句精美，但一定要有一两句闪光的语言去点缀，有时也可能就因为这一两句闪光的语言打动了编辑和读者。

再者，一定要有一个正确的写作态度。写文章是为了发表，这是对自己的一个肯定，但如果仅仅是为发表而写作，是写不出好文章的。所谓功到自然成，就是这个理儿。

写作是一个艰难的生产过程。选择了写作，就选择了孤独和寂寞。耐得住寂寞，用心去写，坚持几年，是能出点成果的。

希望不会因为这件事影响了你的心情。你也放心，我不会因为这件事对你有什么不好的看法，能发的稿件，我一定会给你发出来的。

祝笔丰！

慌　年

昨晚吃饭的时候，我突然心血来潮地问女儿，再过半月就过大年了，咋不见你慌年呢？女儿惊诧地问我，啥叫慌年？我说，就是慌着过年啊。女儿“哦”了一声，继续吃她的饭。

我告诉女儿，我小时候，一到腊月，每天睁开眼的第一件事就是掰着指头算算离大年还有几天。那时，过年对我的诱惑可能有这些原因：一是可以穿新衣，二是可以放炮和拾炮，三是可以吃肉，四是可以挣压岁钱。

新衣不是每年都能穿上的，那时买布需凭布票，我们兄妹多，父亲弄的那点儿布票总是不够用，所以，更多的年份我是穿着几个哥哥穿不上的旧衣服过年的。要是遇到好的年景，巧手的母亲也会纺些棉花织些布给我们做新衣的。记忆中的很多夜晚，母亲都在就着煤油灯嗡嗡地纺棉花。可那时的棉花似乎也不多，因为当时我们那里没有种棉花的习惯，人们总是认为棉花是种不活的。我至今还记得“哭不活的妈，种不活的花”的民谣。即便有了新衣，不到大年初一也是不能穿的。这大概就是物以稀为贵吧。

放炮和拾炮是我最大的嗜好。即使再穷，一到腊月二十三左右，父亲也会领着我到集市上买些我喜欢的鞭炮。在同村的小伙伴中,我的鞭炮总是最多的,这也是我被众多伙伴追逐的原因。遇到我高兴的时候,他们可以从我手中讨要几个小小的花炮。记忆中我家每年初一早上的那挂鞭炮也总是我们村最长的一挂。这似乎与父亲的虚荣心有关,他认为放最长的鞭炮也是一种荣耀。

拾炮是小孩子们共同的爱好。拾炮的时间大都集中在腊月二十三、年三十晚上和大年初一早上。我们成群结队晕了头地在村中乱跑。那时无论谁家放炮前都会放几个零炮,意在告诉大家他家就要放炮了,似乎也在给我们发信号。这时,我们就会拼了命地往那家跑,抢占有利地形。等放炮时,我们会不顾一切地在地上乱抓,甚至用手去揽,然后装到衣兜内。有时当时没响的炮会在我们手里或兜里炸开,但我们不在乎这些,还会继续跑向第二家、第三家。等到大年初一中午,我们会聚在一起比谁拾的炮最多。然后再一起比赛刺花,或倒出里面的火药打“手枪”。“手枪”是用自行车链条做成的,装上火药和砸炮会发出很响的声音。

吃肉也是一大愿望。过年了,无论是谁,即使再穷也会在年关割几斤大肉的。记忆中,每年的年三十上午我家都会熬一锅大肉,也只有在这一天我们才能敞开肚皮吃上一顿。过了这一天,煮好的肉只有等客人来了我们才能跟着吃一点。那时常年不闻荤腥的我似乎总是很馋,偶尔还会在家里没人的时候偷偷地拽下一小块塞到嘴里解馋。

压岁钱那时挣得好像并不多。大多数的亲戚给的都是一元,不像现在的孩子过个年能挣成千上万的。我得的最多的一次好像是姨给的,10 元。记得她给我钱后,还用针线把钱缝在了衣服内,生怕我走路时弄掉。那时的 10 元钱解决了我一年的学费。现在想想,姨是在用这种方式来周济我们。

而今,生活好了,年味却越来越淡,就连小孩也不知道慌年了。女儿说,现在天天和过年一样,有啥慌的？我“哦”了一声,继续吃饭。

放生记

今天是农历的五月初八，按佛教的说法是食斋日，宜放生。一大早，妻子便把我从睡梦中唤醒，敦促我和众居士一起去中心市场购买些禽鸟鱼兽，以挽救生灵，普度众生。

到中心市场时，这里早已是人声鼎沸。路两边林立的水产商铺前，老板和雇员手忙脚乱地一边吆喝一边面无表情地杀鱼。我们挨个门店看，凡是发现有即将被杀的鱼统统买走。随后又挑选了一部分鳝鱼、鼋鱼、鲶鱼、螃蟹等，还买了 3 只鸽子和 3 只刺猬。随后我们疾速来到白河上游的一处深水区域，准备在这里让这些生灵回归它们的家园。

放生前，我们举行了一个简单的放生仪式。师傅庄重地穿上了佛衣，毕恭毕敬地请上了观音菩萨的佛像，还上了四炷香，备了净水和柳枝，然后开始共诵《大悲咒》《心经》《往生咒》。在一遍遍“南无观世音菩萨摩诃萨”的诵读声中，我的心灵得到了一次次的提升和净化。人也只有在这个时候才能抛弃心中的杂念，真正远离世间的喧嚣和繁杂。

仪式后，我们登上岸边的小船，将这些鲜活的生命一一放归河水深处。这些有感知的生命，不少在被放入水中后迅速向河中间游去，但有两只鼋鱼和一条鳝鱼却向岸边游来，那情景好像是在向我们表示感谢。师傅和居士们又赶紧诵起了经文，过了好大一会儿，它们才依依不舍地向我们惜别，然后沉入水中。

这已是我今年第三次放生了。第一次是今年的正月初六，和妻子一起去白河边放生，为我今年的本命年消灾灭祸；第二次放生是四月初八，据说是释迦牟尼的生日，和妻子一起去鸭河放的生。

对于放生这样的活动，原先我是不屑一顾的。我认为，一个人只要你不做坏事就行，何必在意形式呢？何况普天之下那么多的生灵，凭你一人之力又能救得了几何？真正打动我的是《读者文摘》曾经刊登的一篇文章，相信这篇文章不少人都曾经看过。其大意是：暴风雨过后，有许多小鱼被卷到沙滩上的浅水滩里，无法回到大海。太阳很快就要把这些水滩晒干，那些小鱼也会马上死掉的。一个男孩不停地把小鱼捞起，并用力地扔向大海。一个男人路过忍不住说："孩子，这里的小鱼有成千上百条，你救不过来的。""我知道。"男孩边回答边继续把小鱼扔向大海。"那你还扔，谁在乎呢？""这条小鱼在乎。"男孩一边回答一边捞起一条小鱼扔向大海。"这条在乎，还有这一条也在乎，还有这一条，这一条，这一条……"

看了这篇文章后，我的心灵受到了极大的震撼，也感到了深深的愧疚。面对似曾相识的情景，一向以好人自居的我做到了什么？有小男孩的那份执着吗？大千世界，人与人、人与动物、动物与动物之间是息息相通的，需要我们彼此用爱心来呵护。人有了疾病和痛苦会找医生看病或找别人倾诉，而动物有了痛苦找谁来解救呢？它们也是有生命的啊！如果我们都能像小男孩那么有爱心，这个世界一定是和谐而美好的。我想，小男孩也一定是幸福的，因为他挽救了一个生命，他的心里也一定多了一缕阳光。

真的希望能有更多的结缘人加入此列，唯此才能更多地拯救人类的心灵。

明月几时有

对于远离家乡的游子或漂泊在外的人来说，是惧怕过中秋节的。这些年，我虽然没有远离家乡，但为了女儿，却一直漂泊在外，没有过过一个真正意义上的中秋节。个中辛酸，我心自知。

小时候我是喜欢过中秋节的。那时候，日子虽然拮据，但每年的这个时候在外地教书的父亲总会早早地回来，母亲也总会拿出家中少得可怜的平时舍不得吃的白面，用传统的手法蒸制一个大大的月饼。月饼是一层一层的，一层是类似现在豆沙的煮好的豇豆，一层是炒熟的芝麻，一层是不知母亲从哪儿弄来的熟花生，一层是捣碎了的冰糖，最上面的一层是我们家树上打下的大枣。有时巧手的母亲还会在最上面那层弄出些精美的图案，这时候的月饼便成了一件艺术品，让我们不忍下嘴。

要是遇到晴天的中秋节，我们会把家中唯一的一张折叠圆桌搬到院子中央，一家七口人围坐在一起，一边品月饼，一边赏月亮。这时候，不善饮酒的父亲还会小酌几杯，母亲则在一旁给我们讲天上的故事，偶尔多愁善感的母亲还会滴下一两滴清泪。嫦娥奔月、月亮山以及月树下捣药的老人等成了我儿时最美好的记忆。

母亲去世后，我的两个哥哥相继考上了大学，父亲也以校为家，一家人少有团聚。后来，几个哥哥和我相继参加了工作，东西南北，天各一方，各自为自己的前途奔波，20年来不曾有过一次的中秋团圆。其中有几个中秋节父亲也曾倡议过大家聚一聚，但因种种原因终未如愿。现在，年迈的父亲也懒得再说这样的话了。但我心里清楚，这些年父亲虽然习惯了属于自己的孤独，可他的内心却充满了对团圆的渴望。

不能团圆的中秋节不叫中秋节，没有父母的家不是一个完整的家。我不知道若干年后，我、我的孩子、我的孩子的孩子会不会生出同样的感慨。

“明月几时有？把酒问青天。不知天上宫阙，今夕是何年。我欲乘风归去，又恐琼楼玉宇，高处不胜寒。起舞弄清影，何似在人间。

转朱阁，低绮户，照无眠。不应有恨，何事长向别时圆？人有悲欢离合，月有阴晴圆缺，此事古难全。但愿人长久，千里共婵娟。”上学时为了应对考试背诵的这首《水调歌头》虽不能完全读懂，如今仍能完整地背诵下来，只不过现在品味出来的更多的是苍凉和无奈。

写给《白河副刊》的话

已经很长时间没有掂笔写文学稿件了，不知是我疏远了文学，还是文学疏远了我。在这个浮躁的物质社会，在文学不当饭吃的今天，没有谁会去刻意追求文学。我是这样，许多报纸也是这样，不再把文学当成一回事。

《南阳日报》是个例外。《白河副刊》就像沙漠中的一块绿洲，黑暗中的一盏灯，给人意外，给人惊喜，给人希望。这也是我看到《我与"白河"共成长》征稿启事后有话要说的原因。

想起了20多年前的事。那个年代，是一个文学狂热的年代。那个时候，我还是一名在校读书的热血青年，是一个十足的文学迷。几乎所有的课外时间我都在读书、写作，连做梦都是。

写得多了，自然想到要投稿，想有一天自己的文字变成铅字，那是一件多么值得自豪的事。很不幸，和很多文学爱好者一样，我的每一次投稿都如石沉大海般无声无响。但这丝毫没有影响到我的热情，我依然每天写，经常投，不仅投给《南阳日报》，也无的放矢地投给省内外其他报刊，虽然结果都一样。

终于有一天我收到了一封信封上印有"南阳日报社"字样的信。

收到信的那一刻，我心里说不出是惊是喜，久久没敢拆开。我猜想也许是用稿通知，也许是退稿信，但不管是什么，对于我都是一种荣耀，毕竟报社给我回信了，很多同学都看到了，而他们没有。

我是在课间跑到宿舍偷偷看的。信是周熠老师用毛笔写的，满满两页，大意是我投的稿他收到了，感觉有点浅，希望我能多读书，多思考，多积累，别急于求成，否则欲速则不达。最后，他还告诫我要以学业为重，不要偏科，不能顾此失彼，得不偿失。

一连几天，我都在揣摩周老师话的意思。对于周老师说的多读书，多积累，我是赞成的，但他说的要以学业为重的话，已被文学冲昏了头脑的我当时并没当回事，以至于严重偏科导致高考失利，留下终身的遗憾。这是后话。

在接下来的一年时间，我几乎都在埋头读书，与以往不同的是，读书时多了一些思考，写作时多了一些自己的思想。

1989 年春节过后，我怀着忐忑不安的心情第一次直接把稿件寄给了周熠老师。稿件寄出后，我像一个罪犯等着法官宣判一样苦苦等待着结果。可一个月过去了，仍然杳无音信。就在我差不多把这件事忘了的时候，忽然有一天语文老师拿着一张《南阳日报》问我，这上面的《隐山散记》是不是你写的？我看了一眼，激动地说，是。我的名字终于变成了铅字。那天是 1989 年 3 月 17 日。那篇文章也被我贴在了厚厚的剪报本的首页。

后来，在周老师的指导下，我的文章也不断见报。高中的后两年竟然在全国各地报刊上发表了近百篇文学作品，有十几篇还获得了市级以上征文奖。

吃亏在文学，受益也在文学。高中时，因为严重偏科，我没能考上自己心仪的大学。幸运的是，高考落榜后我凭着自己发表的近百篇文章谋到了一份自己喜欢的工作。

再后来，我也成为了一家报纸的副刊编辑。做了副刊编辑，身份变了，但热爱文学的心没变。让我欣慰的是，从事副刊编辑这些年来我始终善待文学，善待身边的每一位作者，发现、培养和扶持了一大批文学作者，为南阳作家群的发展壮大尽了自己的绵薄之力。而这一切，无不是受周老师的影响，受《白河副刊》历任编辑的影响。

风风雨雨几十年，如今的《白河副刊》变得更为成熟。在许多报刊压缩副刊的今天，希望有责任心的《白河副刊》能走得更好、更远！

刷　牙

早上刷牙的时候,忽然想起了我小时候刷牙的事。

牙刷,这个当今再也平常不过的生活用品,那时带给我的却是异常的惊喜。第一次用上牙刷是在我七八岁的时候。一个周末的傍晚,在外教书的父亲在我的盼望中像往常一样回到了家里。现在想想,那时盼望的并不单单是父亲,更多的是他带回来的好吃的东西或者是我喜欢看的连环画。连环画父亲不是每次回来都买的,但自行车把上时不时会有一块不算太大的肥肉挂在上面。

和先前父亲每次回来一样,我迫不及待地取下他挂在车把上的那个黑色的革质皮包,翻看里面是否有我喜欢的东西。几个花花绿绿的棍状东西吸引了我的眼球。我问父亲那是什么,父亲让我猜。我说,不知是啥好吃的东西。父亲和母亲都笑了,父亲说那是牙刷,是刷牙用的,我和几个哥哥及母亲每人一个,并告诉我每天早上和晚上刷过牙后牙齿会变白,有利于牙齿健康和口腔卫生。我突然想起了在电影里曾经看到过的刷牙的镜头,但在我的脑海中那只是城里人用的洋东西,似乎离我十分遥远。

我挑选了一个红色的牙刷,爱不释手地拿着把玩。那种兴奋,不亚于现在买了一件自己喜欢的东西。要知道,在那个物质匮乏的年代,在那个贫穷的小乡村,还没有谁在我之前用过甚至见过牙刷,仅凭这一点,就足以让我在小伙伴们面前炫耀一阵子了。

那天晚上,我慌得连饭都没吃饱,就丢下碗急匆匆地刷起牙来。其实,那时我还不知道怎么刷牙,以至于连牙膏都没挤上去。父亲见了,一边笑着,一边帮我在牙刷上挤了牙膏,并给我做了示范。我现在才明白,没有刷过牙的父亲那时其实也不会刷牙的,因为他教给我的刷牙动作并不规范,不仅要左右刷,而且还要上下刷,只有这样才能彻底,以至于这个左右刷牙的动作到现在我都未能纠正过来。

刷过牙后,我拿出母亲的小镜子反反复复地对着镜子看自己的牙齿,觉得真的变白了。我问母亲牙齿是不是白了,母亲笑呵呵地说是真的白了。呵呵,刷了一次牙怎么就会变白呢?母亲一定是为了让我高兴才这么说的。

第二天早上,我破天荒地没让母亲喊就起了床,为的就是刷牙。上学的路上,见到小伙伴们我故意咧开小嘴,让他们看我有没有什么变化。小伙伴们一个个摇着头说,没有。我指着牙齿说,看这里有没有变化?小伙伴们还说没有。我好失望,于是就对他们说,我刷牙了,牙变白了。小伙伴们一脸的迷惑,继而流露出羡慕的表情,纷纷趴在我的面前看我的牙齿。那一刻,我觉得自己是世界上最富有的人,最幸福的人。

那一天,我刷牙的事迅速传遍整个校园,有不少别班的同学还专门来看我的牙齿。那一天,同村的小强还因为向父母要牙刷挨了一顿打。

而今,即使在农村刷牙也成了人们生活中的一个习惯。这些辛酸的经历,现今的孩子们无论如何也不会有了。他们大手大脚花钱的时候,不知会不会觉得自己是幸福的。

火烧馍

这几天，不知怎的忽然间就没了胃口，什么也不想吃。饭时，女儿笑我："你是吃作庸（方言，意思是吃够了）了啊，你小时候肯定不会说你不想吃饭的话。"女儿的一句话，顿时勾起了我不知是痛苦还是幸福的回忆，想起了母亲为我做的火烧馍。在我依稀的童年梦里，至今还残存着母亲为我做的火烧馍的余香。

那时候家里穷，一年也只能分几十斤小麦，平时各家各户是极少吃白面馍的，大家要用这点白面招待客人，诸如做顿葱花面条、烙个油旋之类。尽管如此，我还是能偶尔享受到吃火烧馍的特殊待遇。每逢有客人来，母亲在擀面条或烙油馍之余，总忘不了留个鸡蛋大的面团，然后在手心旋成圆饼状，在烧火的时候放到灶里烧，用不上几分钟，一个黄灿灿、焦嘣嘣、香喷喷的火烧馍便呈现在眼前，馋得我涎水直流。

儿时的我，总是吃不饱，也总是缠着母亲要火烧馍吃。每每这时，母亲都会把我揽在怀里叹息着说："等咱啥时候日子好过了，有白面吃了，妈天天给你做火烧馍吃。"母亲说这话的时候表情极为忧伤，而我则高兴地想：等到那一天，我非吃它几十个，吃个够，吃得饱饱的。心里那个美劲儿啊，至今我还清楚地记得。

而今,日子好过了,我再也不用为一日三餐发愁了,可母亲却如落叶般匆匆地离去了,儿时的愿望也成了永远的遗憾。只是不想吃饭的时候便会想起火烧馍,便会跑到街上买上一个火烧馍,咀嚼一段亦痛苦亦幸福的回忆。

我是书虫

前几天，几位做生意的朋友约我到白河边小坐。席间，大家兴高采烈地谈论着各自的生意经，我则像痴人一样坐在旁边无言以对，那场面着实让人尴尬。

有朋友问我的生活情况，我说，白天编稿子采访，晚上看书到深夜。朋友听了，一脸的茫然，嘴张成唱美声状，末了说，你简直就是个书虫！

书虫？我似乎是第一次听说，以前我听说过“网虫”这个词，感觉“网虫”就是痴迷网络经常泡在网上的人，有不务正业之嫌。而今，朋友们冠我以“书虫”之雅号，感觉挺新鲜也挺刺激，但心里总觉得不那么舒服。虽然朋友们没有嘲笑我的意思，但我心里清楚，在当今这个价值取向改变了的社会，酷爱读书的人在别人眼里多半是不通世故，书生意气。

其实，并没有谁逼迫我去这么做，我之所以熬夜读书，一是兴趣使然，一是自身知识匮乏需要从书中汲取营养。我这辈子，唱歌、跳舞、打牌、上网聊天等消遣性娱乐统统不会，读书写作是唯一的爱好。爱好亦兴趣，时间久了，每天不读点书写点什么便觉生活无味，便会萎靡不振，而一旦坐到了书桌前，便会来了精神，兴奋不已。从这点来说，读书也算填补了我精神生活上的空虚，对自己的心灵是个安慰。再者，自己也算是个半拉子文人，上学时就爱写写画画，而今又做了副刊编辑，舞文弄墨成了本职工作，可每每写稿总是一脸的茫然和无奈，常常为一个词语或一句话苦思冥想半天，甚至会偷偷找来上小学的女儿的《好词好句好段》抄上一两个词或一两句话。这种只出不进的“生产”，使我逐渐产生了危机意识，常常生出书到用时方恨少之感。从这点上来说，我这种填鸭式的读书也是没办法的事，也是为了工作需要。

因为有了兴趣，读起书来也就不觉得累了，并且常常自娱其中，从书中找到了乐趣，也使自己的灵魂得到了进一步的净化和提升。从这个意义上说，虽然我成了“书虫”，但我找到了自己的精神归宿。这也是我的价值取向和人生追求吧。

记者的苦与乐

今天是一年一度的记者节，就连阳光也很是灿烂地照在我的脸上，温暖着我的幸福。虽然这是一个不放假的节日，但我心里还是有一种说不出的兴奋与喜悦。不为别的，就因为我是一名记者。回想起当记者的十几年生涯，心里真是感慨颇多。

当作家或记者是我初中时就有的心愿。如今已是奔四十的人了，却没在写作上弄出个什么名堂，看来作家是当不成了。还好头顶上戴了个“无冕之王”的桂冠，这多少给我的脸上添了点光彩。就连我年迈的父亲也总会在别人面前不失时机地炫耀说：“我儿子在报社上班，是记者，经常在报纸上发表文章呢。”言外之意，他的儿子是多么的出人头地，多么了不起。

即使在平时，也总能听到朋友们的恭维话：你们当记者的多美，到哪儿都迎来送往的，吃香的喝辣的，神气着呢。每每听到这样的话，我的虚荣心也会得到短暂的满足，感觉自己真的要飘了起来，但要不了多久就会心虚起来：我真的像他们说的那样吗？

其实，当了一辈子老师的父亲和我的朋友们并不知道，我和农民并没什么两样，只不过农民在地里种庄稼，我在方格纸上耕耘而已，都一样付出劳动和收获喜悦。如果说有所不同,那就是身为记者的我身上多了一份沉甸甸的责任,一种对社会对民众的责任。而为了这样一种责任,其中的辛酸甘苦又有谁人知呢?

记得2003年年初,我接到一个采访任务,要对一黑社会团伙进行采访报道。说实在话,对这样的采访我也曾有过顾虑,但为了人民大众的利益,我还是冒着巨大的风险进行了深入细致的采访,并据此写了一篇长篇通讯发表在报纸上。文章见报后,在社会上引起了强烈反响,尤其是当地的群众拿着报纸奔走相告。那个黑社会团伙的多名主犯最终被公安机关绳之以法。然而,没有几个人知道,那段时间我曾多次遭到一些不明身份的人的威胁,扬言说要卸我一个胳膊一条大腿,吓得我不敢给家人透露半点实情,生怕他们因此而担惊受怕。甚至我还和同事开玩笑说,如果我哪一天真的遇害了,别忘了照顾我的家人。事后有人问我怕不怕时,我想都没想就说出了"不怕"俩字。因为我知道,记者代表的是一种正义,正义一定能够战胜邪恶。

当然,当记者这样危险的采访并不常有,但吃苦受累的采访是经常有的。记得2004年春节期间,报社策划了一个"寒风中的民工"系列采访报道活动。为了拍到环卫工人夜里扫大街的场景,我凌晨三点就裹着军大衣出来了,最终拍到了一幅环卫工人披星戴月辛勤工作的照片。而为了体验进城卖菜农民的辛苦,我硬是在凛冽的寒风中站了一天,等晚上回家时手脚都被冻肿了。还有一年秋天,我冒雨去方城县博望镇一个村庄采访。到达的时候,因为雨大,整个村庄的积水已有半尺深,分不清哪里是路哪里是坑,一不小心便掉到了路边的粪池里,整个下半身全湿了。为了不影响采访,我到路边的沟里冲了冲身上的粪便,忍受着寒冷坚持完成了任务。

因为新闻事件随时都有可能发生,因为记者职业的特殊性,记者是没有星期天和节假日的。即使在平时,这种生活也是快节奏的。所以,当你在行色匆匆的人群中看到一个边吃面包边奔跑的人,当你在新闻现场看到一个灰头土脸东张西望的人时，你不要惊奇，那个人可能就是我。

其实，吃苦受累倒不怕，怕的是采访时遇到的一些无奈。有一次，我去方城县赵河镇一个村庄采访。到那里时已经晌午了，村民们慌慌张张地去逮鸡子，说要好好款待我。那是一个十分贫穷的村庄，不少人至今还过着鸡蛋换盐吃的日子，几只鸡对我来说不算什么，可对他们而言意味着什么我最清楚。后来，在我的阻拦下，村民们只为我做了碗捞面条，但那顿饭是我吃得最香的一次。饭后，村民们拿出了厚厚的一叠白条，这是他们向上级交了粮食而没有兑付的白条。他们说，他们多次追要都没有结果，希望我能够帮助解决。面对村民们殷切的目光，那一刻我的心在滴血。我善良的乡亲们，他们哪里知道我一个小小的记者怎能有那么大的神通？我不知道自己当时是怎么给他们解释的，反正回来后我痛苦和自责了很多天，觉得自己没有尽到一名记者的职责。

当然，当记者更多的还是高兴的事。比如，因为我的一篇报道而使一些贫困生进了大学的校门；比如，因为我的一篇报道而挽救了一位患白血病孩子的生命；还比如，因为我的一篇报道一二十名下岗工人重新谋到了职业……每每这时，所有的苦和累都被幸福和快乐冲淡，毕竟我的付出得到了回报。

因为热爱，所以无怨无悔；因为责任，所以无所畏惧。这就是我和我的同事们的共同信念。

走在路上

我走在路上。

走在路上，因为我是一名记者，一名良心未泯的还有点责任心的新闻记者。新闻是跑出来的，所以我必须走在路上。记得为了一篇不算太大的稿件，我在两天内跑了八个部门。虽然这八个部门都在市内，但一天下来还是累得腰酸背疼。谁让咱是一个记者呢？轿车想都不敢想，摩托车倒是有一辆。春秋季节还好一点，要是在夏天和冬天，那个苦也不是每个人都能受得了的。夏天，因为经常暴晒在阳光下，所以我整个人会变个模样，黑黢黢的，像个摩的司机。记得有一次走在白河大道上，有位女士还冲我摆手让我拉客呢。呵呵，其实这也没什么不好，这为我有时的暗访工作提供了便利条件，我可以在别人的眼皮子底下找到我需要的东西。冬天更苦，走在路上，寒风直往衣服里钻，那种感觉不是冷而是疼。

因为经常走在路上，所以我不可能像有些记者那样西装革履、神清气爽，很多时候我会一脸灰一身土，甚至是疲惫不堪。所以，当你见到那个不修边幅的我时请不要嫌弃我的邋遢。

走在路上，也有幸福。2006 年，因为我的奔走，方城一位贫困姑娘的疾病得到了救治，一些不良社会现象得到了遏制，一些市民的权益得到了保护，一些初涉文坛的作者开始崭露头角……还有市政府给我颁发的“优秀文艺园丁奖”“十佳新闻记者”，以及那一张张获奖证书，也让我感到温暖。

走在路上，还因为我是一名副刊编辑。为了一篇文学稿件，我可以骑着摩托车跑几十里到某位作家的家里约稿。为了联络与作者的感情，我会骑着摩托车城南城北地跑，亲自把稿费送到某位作者的手上。

走在路上，还因为我是一位家长。为了给孩子提供一个相对舒适的生活和学习环境，我在离家十几里远的学校附近租了房子，担当起了照顾孩子的重任。这是一个十分烦琐的活，哪怕刮风下雨，如果没有极其特殊的事情，我是不会落下孩子的一日三餐的。而单位离租房处也有十几里，这每天的 60 多里路是少不了的。

我每年有多少时间是走在路上的？这我也没算过，但我走的路程摩托车上有记录：三万多里。

走在路上，苦和累是肯定的，但苦中有乐也是肯定的。我还会一直走在路上，因为路就是让人走的。

后　记

小时候，我有两个愿望：一个是长大了能吃白馍，一个是长大了能当作家。我说这话是有依据的，日记本上 1986 年 3 月 16 日的日记明明白白记载着这两个愿望。那年我上初三。

这两个愿望，在当今的年轻人看来，可能有点可笑。白馍能当饭吃？肯德基、麦当劳里的美食早就吃腻了。作家能挣钱吗？超市里打工一个月也能挣几千元钱。被宠大了的他们，永远不会懂得苦水里泡大了的父辈们的辛酸和追求。

我没有责怪他们的意思，因为当年的我也不懂得父辈们吃糠咽菜的辛酸。在我依稀的记忆中，我的母亲曾亲口给我说过，她吃过用麦糠、酒糟子等做成的“五香馍”。比起母亲，我是幸运的，因为那时已经分田到户，靠红薯基本上可以解决温饱。但一日三餐全吃红薯，难免让人厌烦。那种被我们称为硬得能砸死狗的红薯馍，咬一口就有几个明晃晃的牙印，至今想起来就胃发酸。红薯汤，红薯馍，离了红薯不能活。这是我整个童年有关吃的回忆。我也坚信，那个年代长大了想吃白馍的人不止我一个。

再说当作家。这和一个叫李文强的人有关。1985 年，我们学校一个叫李文强的同学在湖南出版的《年轻人》杂志上发表了一篇豆腐块文章。就是这篇豆腐块文章引起了全校轰动，校长在大会上表扬，老师在班级里表扬。我还找到了他，想让他拿出杂志让我看看，但他只让我看了一眼就急忙收了回去，生怕我弄脏了他的宝贝。这让从小作文就好的我有点不服气，发誓也要在杂志上发表文章，而且要超过他，当作家，并将这个愿望写在了日记里。

为了这个作家梦，我开始大量阅读中外文学名著，并坚持每天写日记，还偷偷投稿。这应该感谢我教书的父亲，他总能从学校图书室借来我想看的书籍，还经常给我买文学杂志。1986 年，我的第一篇作品终于在山西出版的《青少年日记》上发表，编辑部还给我寄来了两元稿费。我成了学校第二个发表作品的人，老师也在班里表扬了我，这极大地满足了我的虚荣心，但也给了我一个误导：我是当作家的料。

20 世纪 80 年代是文学狂热的年代。上高中后，我已严重偏科，除语文不咋学就能得八九十分外，其他学科一塌糊涂。办广播站、文学社，编辑出版文学社刊物，写作投稿基本成了我高中生活的全部。我的付出也是有收获的，经常有文章在《青年导报》《中学生学习报》等报刊发表。记得《语文报》有次头版整版发表了我写的《中学生对话录》，我收到了全国各地读者一麻袋的信。除此之外，还经常有文章在征文中获奖，经常受邀参加各类笔会，印象最深的有《中学生学习报》在周口举办的"全国青少年作家龙舟笔会"和《中国初中生报》在郑州举办的"黄河笔会"。那时候，我是学校的明星人物，有学生不知道校长叫啥，但没有人不知道徐道胜是谁。高中时我发表了多少作品我至今没有做过详细的统计，但有一点可以肯定，那时的稿费基本上可以养活我自己。

到了高考前，我慌了手脚，自己几斤几两自己最清楚。明知高考无望的我想到了另一条捷径，自荐到部分高校企图走特招之路。我的不少文友就是走的这条路。那时候高校有个不成文的规定，在报刊上发表一百篇文章就有资格被特招，我符合这个条件。我以校团委的名义试着给武汉大学、厦门大学、西北大学等高校写了自荐信，但只有西北大学招生办给我回了信，说可以考虑，但需要县级以上教育主管部门推荐。我那时很幼稚，觉得找县教育局办这事不可能，所以也就没吭声，把这封信压了下来，甚至没告诉父亲一声。我把自己关在了大学校门之外，这也成了我今生最大的遗憾。我至今还不止一次地想，如果当初我也像文友邱华栋、毛梦溪、雷霆、程冰雪等一样被名牌大学破格录取，我的命运是不是也会改写？

有一得就有一失，有一失也会有一得。吃亏在文学，受益也在文学。高中毕业后，我凭着自己发表的几百篇文章，在周同宾、孙幼才老师的推荐下进了一家报社，当上了一名记者。作家没有当成，干记者总算也和写作有关，这多少对我算个安慰。

我应该感谢《南阳广播电视报》原总编南春堂先生，他让我干了十年的副刊编辑，使我可以一边写新闻，一边搞文学。那十年，是我写文学稿最多的十年。《南阳广播电视报》历任总编、社长何子杰、张效景先生，《南都晨报》现任总编张鹏以及王伟、皮中敏、马庆文、蒲卫东、陈强、柳晓东等领导也都给予了我很大的支持与鼓励，在此一并表示感谢。我应该感谢的人还有很多，市文联的周同宾、廖华歌、王遂河、马本德、殷德杰、孙晓磊、宋云奇、刘正义等老师，我的作家朋友雷霆、冯桢炯、刁仁庆、段舒航、陈立红、苏菡玲、水兵、李雪峰、祖克慰、徐文、张中坡、蒙蒙、高钧、姚国禄、崔鹤、鲁钊、马东伟、马萌、马蕾、李远、张晓玲、乔峰等，他们都不断给予我鼓励，使我能在文学的路上继续走下去。我还应该感谢我的妻子，结婚二十多年来她跟着我没少吃苦受罪，但哪怕是日子最艰难的时候，她也总是默默无闻地支持我的写作，和我一起分享生活的苦与乐。

写得多了，发表得也多，自然就有了出书的愿望，身边的不少老师和文友曾不止一次地动员我出书，但我一次又一次地放了下来。之所以放下来，主要是生存压力所致。出书是要钱的，我没有。这些年，为了生存,我舍弃了很多,包括文学。记得有一次和周同宾老师聊及此事,周老师说,文学是愚人的事业,更不能当饭吃,没有生存谈何发展?还有一次,和市文联主席廖华歌老师聊起此事,廖老师那句"咱都是山里娃,能走到今天已经不容易"的话差点儿让我落泪。还有一个原因是随着年龄的增长,越来越看淡名利,加之自己文笔拙劣,即使拼了老命也弄不出个"三月河"来,多少有点想放弃的念头。但我必须承认,在世俗化的当今,在人人有生存压力的今天,文学始终是我放不下的一个情结,能出一本自己的书始终是我的一个愿望。

感谢市委、市政府对南阳文艺界的长期关注,感谢市文联领导对南阳青年作家的关爱,如果不是这次"南阳青年作家丛书"的出版,我想,我头顶的文学灯盏也可能就此熄灭了。当然,我深知自己的写作水平,不敢有丝毫的沾沾自喜。书中收录的文章,虽大都在报刊上公开发表过,回头看还是有很多的败笔,此次亦做了修改。同时,我更愿把这次的出书看作是各级领导、各位老师对我的关怀、鼓励与鞭策,也愿将此作为自己前行的动力,毕竟在我有限的生命中能写出那么一点儿能拿得出手的文章。

此为记。